周语 陈吉秀 主编

等你回来花就开

"小时光"最美悦读

DELIGHTFUL READ

情感卷

安徽文艺出版社

图书在版编目（CIP）数据

等你回来花就开 / 周语,陈吉秀主编. — 成都：四川文艺出版社,2014.12
（"小时光"最美悦读系列）
ISBN 978-7-5411-3999-4

Ⅰ.①等… Ⅱ.①周…②陈… Ⅲ.①故事—作品集—世界 Ⅳ.①I14

中国版本图书馆CIP数据核字(2014)第304290号

等你回来花就开 ·情感卷·
DENGNI HUILAI HUAJIUKAI

策　　划	胡　焰　郭　健
责任编辑	朱　兰　范雯晴
封面设计	任　熙
封面绘图	郑　歆
内文设计	史小燕
内文摄影	唐　舸
责任校对	舒晓利
责任印制	喻　辉　周　奇
出版发行	四川文艺出版社
社　　址	成都市槐树街2号
网　　址	www.scwys.com
电　　话	028-86259285（发行部）　028-86259303（编辑部）
传　　真	028-86259306
读者服务	028-86259310
邮购地址	成都市槐树街2号四川文艺出版社邮购部　610031
排　　版	四川胜翔数码印务设计有限公司
印　　刷	成都市书林印刷厂
成品尺寸	165mm×235mm　1/16
印　　张	15
字　　数	200千
版　　次	2015年5月第一版
印　　次	2015年5月第一次印刷
书　　号	ISBN 978-7-5411-3999-4
定　　价	25.00元

版权所有·侵权必究。如有质量问题，请与出版社联系更换。

等 你 回 来 花 就 开

最后的态度留在冬天最后的几个日子
我把直接的爱让玫瑰给你
把如火的热烈盼咐给牡丹
你无数寻常的日子
我在身边沉默
最冷的日子到了　我开花
我一生的芬芳安排在你的角落
我不寂寞　因为我为你开放

Contents 目录

第一辑 等幸福回来

- 收藏幸福 红颜添乱 —044
- 黛丝太太的笑容 李良旭 —041
- 喜欢雨天 麦秸 —038
- 弹给妈妈听的钢琴曲 徐立新 —035
- 他是只卡通熊 李良旭 —031
- 有信江头春色 段奇清 —027
- 爱情不等式 积雪草 —023
- 错 过 安艳莹 —021
- 首饰盒里的思念 王晓宇 —018
- 辗转反侧痛恨娘 麦秸 —015
- 花头巾的烦恼 吕麦 —012
- 愈来愈老的父亲 吕麦 —008
- 珍惜手中的破罐子 张颖异 —005
- 世间最疼你的那个人 积雪草 —002

等你回来花就开

第二辑 走着走着就明白了

不与旧伤口纠缠　张颖异—099
有对手的人是幸福的　张颖异—096
马鼻子下，湖泊含盐　徐畅—091
控好脾气再控球　牧徐徐—089
墓碑上的密码　马晓伟—087
你仅仅只有一只胃　马晓伟—085
鱼的记忆只有七秒　张颖异—082
守望一棵树　安艳莹—079
生活的玩笑　吕麦—076
看见自己绚丽的影子　李良旭—073
多大才算大　许道军—070
做内心真正喜欢的事情　梁阁亭—067
水晶心钻石泪　马晓伟—064
声音是另一张脸　张颖异—062
我的快乐老家　安艳莹—059
醉人的笑脸你有没有　李良旭—056
常在阳光下晒晒心情　蓝莓—054
停下来，反省一下　吕麦—051
万物从容　许道军—048

第三辑 花都为你开好了

- 别拿豆包不当干粮　张颖异——132
- 『我不是一只花瓶』　梁阁亭——128
- 蓝莲花的秘密　安艳莹——125
- 最后一颗眼球　徐立新——122
- 雨中遐想　蓝莓——120
- 手镯里的梦　安艳莹——117
- 逗自己开心　张颖异——114
- 能不能再为你跳一支舞　积雪草——110
- 有良知的人有幸福　积雪草——107
- 从来没有枯死的生命　李良旭——104

Contents 目录

第四辑 我们不能失去彼此的温暖

- 一双丑鞋缔造的传奇　马晓伟——164
- 亲父子明算账　积雪草——161
- 我真的那么忙吗　积雪草——157
- 你知道怎样爱自己的老师吗　许道军——153
- 聋哑男孩的舞伴　麦秸——151
- 加州的天空没有雨　张秀芝——148
- 是对手更是朋友　积雪草——145
- 最美的拥抱　安艳莹——142
- 行善的诱惑　李良旭——139
- 父亲的形象　蓝莓——136
- 我们不能失去彼此的温暖　吕麦——135

第五辑 我知道你会微笑的

尊重别人的时间　张颖异——207
享有和拥有　蓝莓——204
什么长相都可以出色　马晓伟——201
破解「奥斯卡诅咒」　马晓伟——199
小摩西的「制胜武器」　李良旭——195
把书店开在理发店里　徐立新——192
激情岁月　马晓伟——189
变换的人生　凉亭牧歌——187
奥巴马的读书单　露醉梧桐——184
用欢喜的心对待生活　蓝莓——182
一块被嘲笑的「土气比萨饼」　周牧辰——179
烘干受潮的心灵　马晓伟——177
战火中的「成年浴」　牧徐徐——174
皱纹长在哪里才算老　张颖异——171
上天不忍心他们输　梁阁亭——168

等你回来花就开

第六辑 世间那个最疼你的人

走好，老校长　安艳堂——229
孝顺要趁早　王晓宇——226
跌落一地的尊严　积雪草——223
站台上的母亲　安艳堂——220
荒凉的土地也会开满鲜花　红颜添乱——216
尽我最大的努力去爱你　红颜添乱——213
活多久才算够　许道军——210

Xiao Shiguang

等 你 回 来 花 就 开

等幸福回来

第一辑

积雪草：世间最疼你的那个人
张颖异：珍惜手中的破罐子
吕　麦：愈来愈老的父亲
麦　秸：花头巾的烦恼

世间最疼你的那个人

\ 积雪草

大约每一个人在年轻的时候，都会有一些疯狂的举动，都会有一些极端的思维，都会有一些偏执的本能，都会犯一些看似简单的低级错误，因为没有经历过生活的洗礼，没有经历过世事的磨砺，所以一颗心小到只能听到自己的心跳。

我也不例外，二十岁那年，我以为自己是全世界最不幸的人，因为母亲在那一年里，几乎是怒不可遏地对我说："是的，你说得对，我是不爱你！你自己都不爱惜你自己，别指望别人会爱你！"我无法接受母亲的态度和说辞，梗着脖子回望母亲，脸上写满不屑与叛逆，但内心里，泪流成河，亲情构筑的世界顷刻坍塌，而且是母亲亲手打碎的。

二十岁还叛逆，是有些晚熟，但那时候的我倔强而固执，母亲亲口跟我说，她不爱我，让我无所适从和无法接受。母亲有三个儿女，我是那个最没有出息，最没有长进的那一个，上学的时候，从学校里逃出来，以为不上学可以和别人一样，嘲笑那些啃书本的人为书虫。工作的时候，背着母亲自作主张辞掉工作，以为自己的才华怎么可以在那小小的方寸间慢慢磨蚀掉。失恋的时候，用刀片割自己的腕，当然只是轻轻的，不会血流成河，全不顾及母亲的感受。任性，妄为，自虐，怪癖，从没有想过那些行为会给母亲带来怎样的伤害。

母亲终于在忍无可忍的情况下，对我说，她不爱我了，所以我有理由相信她说的话，谁会喜欢一个不求上进、自我而且冷漠的人？

母亲的话让我惶恐失落绝望，在我心里被放大了一百倍，觉得自己就是一个被自己被母亲抛弃掉的人，带着一腔的悲壮和痛悔，去了另外的城市，一个人在陌生的城市里工作，恋爱，结婚，成家，拒绝接听母亲打来的电话，因为除了我，她的身边还有两个优秀的儿女，反正我是那个可有可无的人，是邻居眼里的笑柄，是父亲眼中的失望，是母亲心头拔不掉的刺，我能做的，只是在他们的眼前消失掉。

不知不觉间，有了自己的孩子，自己也做了母亲，懂得了一个做母亲的心，虽然内心里有了一些回转，但仍然坚持着不肯回家，因为实在不知道该怎样跟家人相处。碰巧有一天弟弟打电话来，说母亲病了，住在医院里。

我一下子慌乱起来，食不甘味，夜不能寐，连手足都没有地方放了，方始知自己的内心里，最重要的那个人，不是小小的自我，而是母亲。

急急忙忙地收拾东西请假，舟车劳顿赶到医院里，母亲还是老样子，并无大碍，静静地躺在床上，手里握着手机，只要电话一响，她就以为是我。

许久不见，母亲老了，岁月并没有特别眷顾哪一个人，时光的痕迹留在我们每一个人的身上，公平，对等。

与弟弟秉烛夜话，弟弟说，这几年母亲几乎每天都是忧心如焚，后悔当初的话说重了。我听了默然不语。弟弟又说，母亲曾去过我居住的城市，只为看我过得好不好，却没有惊扰我。也曾暗中拜托她的亲戚朋友关照我，不让我知晓，怕我不能接受。就连每晚的天气预报，都要看看我所在的城市是阴是晴，是刮风还是下雨。

　　我仍然不语，但心中明白，母亲说不爱我，其实是句谎话，只为让我醒悟，她一直在我的身后默默地看着我，关注我，而我，竟然傻傻的一无所知，心中一阵阵抽搐地疼，眼泪在胸腔回流。

　　与母亲独自相处的时光，忽然忆起年少时，我们几个围在一起吃新鲜的水果，给母亲一个，母亲说她不喜欢吃；母亲带我们几个出去玩儿，烈日灼灼，我们几个喝饮料，给母亲一瓶，她说她不渴。干活的时候，我们几个在旁边嬉笑打闹，让她歇一会儿，她说她不累。

　　母亲说的话，我们总是信以为真。只是年少的时候，我们还没学会辨明事情的真伪，看到的只是事物的表层，只会一味的相信。原来母亲也说了谎话，善意的谎话，和她说的不爱我是一样的，并不是她内心深处最真实的想法。

　　母亲的心博大如海，柔软如水，怎么会装不下一件事？怎么会容不下一个人？这些也是我做了母亲之后才懂得的，一个母亲所拥有的母爱。多年之后，我终于懂得，世间最疼你的那个人永远是你的母亲！

珍惜手中的破罐子

\ 张颖昇

小时候，我是在一个大杂院里长大的。我们那个大杂院，家庭条件普遍不好，但是，最不好的是祁建和刘松他们两家。

祁建和刘松，是同龄人，他们的父母都没有工作，祁建的父亲在码头上挑石子，刘松的父亲在街上推人力三轮。

初中毕业后，祁建和刘松都上了我们当地的技工学校，从学校毕业后，是去工厂当工人的。刘松经常说："反正咱们以后一辈子就是工人了，也没有啥出息了，干脆破罐子破摔吧。"在学校里，刘松经常和社会青年来往，学会了打麻将，学会了跳舞，学会了喝酒，学会了打架……在学校里受过几次记过处分，还差点被学校开除。就这样磕磕绊绊地从学校毕业后，刘松进了我们当地的一家肉联厂工作。在厂里工作的时候，刘松偷懒耍滑，不好好工作。刘松所在的车间生产午餐肉，刘松经常在车间里偷吃午餐肉，偷吃后，把空的包装盒带到厂外扔掉，后来，干脆发展到从厂里偷午餐肉罐头，然后卖给社会上的一些食杂店。这样的事情做多了，终于被厂里发现，刘松被开除了。

刘松被开除后，就在社会上和狐朋狗友一起晃荡了，今天帮人家打次架，在饭店里混顿酒喝，明天帮别人讨次债，混点辛苦钱。

像刘松这样在城市里没有工作名声也不好的年轻人，在城市里找不到女朋友，后来，在一个远房亲戚的介绍下，他和一个农村姑娘结婚了。

刘松的妻子会一手做衣服的缝纫技术，在市区一家服装店打工。刘松妻子是个很能吃苦的人，经常早出晚归地上班，就是为了多做几件衣服多挣点钱能让家里的生活好一些。服装店是按件计资的，因为技术好又能干，刘松的妻子每个月能挣两千多元。有了妻子的固定收入，刘松开始在家享福了，每天在家要么抽烟、喝酒、看电视，要么就是睡大觉。刘松家周围的商店经常有刘松的欠账，然后店老板们向刘松妻子讨要欠款。

半年后，刘松的妻子在婚姻中看不到生活的希望，毅然提出离婚。面对妻子的离婚要求，刘松大打出手，把妻子打得鼻青眼肿，妻子到派出所报案，刘松因为家庭暴力，被拘留半个月。从拘留所出来后，见妻子已经向法院提出了诉讼离婚，刘松只得同意离婚。

现在的刘松，已经三十多岁了，光棍一个，整天稀里糊涂地过日子，手里有点钱，就去喝酒就去赌牌，他现在有个口头禅："反正是破罐子破摔了。"

回头再说下祁建。祁建当初在技工学校的时候，成绩优异，机械制图画得又快又好。毕业后，祁建分到我们市的机床厂工作。上班时候，祁建认真工作，下班后，祁建在家用功复习，工作的第二年，祁建就考上了一所技术学院的模具专业。

大学毕业后，祁建不再回以前的机床厂工作了，他南下深圳打工，在一家生产模具的公司里做技术人员。又过了几年，因为懂技术有学历，祁建被提拔为公司的生产主管，年薪拿到了二十万元。

四年前，祁建在深圳买了房子结了婚，妻子是位毕业于名牌大学的外企白领。现在儿子都已经上幼儿园了。

有房有车有幸福的婚姻有可爱的孩子，这就是祁建现在的生活！

春节前，祁建回老家探亲时候，请我、刘松等几个发小吃饭。吃饭时，刘松又冒出了他的口头禅："反正我是破罐子破摔了。"见刘松对待生活的态度还是这么消极，祁建动情地劝说道："刘松，听我一句劝，一定要珍惜手中的破罐子，千万不能破罐子破摔，因为摔完后，满地的碎片更难收拾！要想办法把手中的'破罐子'修补得漂亮修补得完美才对啊！"听了祁建的话，刘松的头慢慢地低了下去……

人生的路上总是充满着坎坷和挫折，每个人几乎都会遇到命运赋予的"破罐子"，面对手中的"破罐子"，一定要珍惜呵护，一定要想办法修补，使得"破罐子"日趋完美。那些破罐子破摔的人，面对的肯定是一地碎片和更难收拾的人生。对于这点，我的两个相同出身不同结局的发小，给了我们最好的诠释。

愈来愈老的父亲

/ 吕 麦

这一年
每每看到父亲的背影
我心里就会酸酸地想
父亲 愈来愈老了

这一年，每每看到父亲的背影，我心里就会酸酸地想：父亲，愈来愈老了！

因为，父亲由于腰椎间盘突出，不但一只腿无力，脊背更是佝偻了。

父亲本来个子不高，这一佝偻，背影给人的感觉非常的楚楚可怜。

父亲每次坐车进城，或是回去，总是开心地告诉我："我一上车，就有年轻人给我让座呢。"看着他的眉飞色舞，我心里又是酸酸的。可不是吗？他那佝偻着的腰，不太灵便的腿脚，任谁看一眼，立刻就会明白——这是个需要照顾的老人。

父亲的老去，让我感觉很慌张、很突然、很愧疚。

父亲一直是家里最有力的人，是顶梁柱，是我心头的依靠和港湾。可是，这梁柱突然就弯了……

其实，父亲的心一直就是弯的。父亲和母亲的婚姻，毫无幸福和快乐可言。有的，只是隐忍、愤怒和无奈。

母亲既不识字又不识事，且脾气暴躁，刚愎专断甚至乱七八糟。听父亲说，母亲在结婚后不满一月，在生产队出工，因为队长的一句善意提醒，就出乎所有人意料地跳到河里。虽然大家看在父亲也是年轻村干部的面上，七手八脚将她拉了起来，但心里从此低看了母亲。

可母亲不但不知道修正和收敛，越发将自己的无知和坏脾气发挥得淋漓尽致。几乎得罪了队里所有的人。也因此，在那个特殊的年代，父亲被造反派绑去批斗游街，打趴在地上，脸颊上还被人踏上一只脚……

那时候我小，并不懂父亲彼时的耻辱和无奈。父亲是个读书人啊，是我们当地重点高中里的高才生。我的爷爷是上海下放到村里的干部，奶奶是知书达理的小姐。他从小就生长在书香世家，如何受得了这样的侮辱？如果不是母亲，他又何至于受这样的羞辱？

此后，父亲像变了个人，一度逃离家庭和村里一个有名的"破鞋"搞在一起，为了满足她的物质欲望，挪用了村里4000元公款。他面临两种选择：要么退赔，要么坐牢。

所幸，这个时候，母亲做了她人生中或许唯一一次正确的选择和决断，卖掉家里所有的老家具（那时不值钱），外加借款，终于还清了这笔钱。

从此，父亲彻底从养尊处优的书生沦为卖苦力挣钱的农民。为了早日还债，父亲跟着母亲去粮仓里扛一百斤的麻包，心悬到嗓子眼走过那三四米长、晃晃悠悠吊在两堆粮垛之间的跳板，冬天的夜晚顶着寒风守夜网鱼虾……

日子，在每天起得比鸡早睡得比狗晚的辛劳中一天天的流过，父亲虽然瘦小，但却很精干。在我和我妹妹眼里，父亲始终是个给我们力量的男子汉。

恍惚一眨眼，我们都长大了，各自进城成家，并且为父亲添了第三代。虽然父亲当了外公，但还是没觉得他老。去年，父亲决定翻修家里的老房子。所有的填土、砖瓦、水泥……全是父亲用独轮车一车一车、一趟一趟从卸载的地方推到宅基地上，堆好、码好、填平、夯实……

虽然觉得父亲辛苦，依然没觉得他衰老。直到有一天，父亲推着四袋水泥到宅基地，忽然脚下一滑，连车带人翻滚在石子堆上。虽然父亲爬起来拍干净了身上的土，但是，我看到了父亲的狼狈，那是年老力衰，力不从心的狼狈……

我躲着他，偷偷哭了好久。哭父亲的老去，哭我的羞愧，我责备自己：为什么我不是儿子，如果我是儿子，父亲干的这些活儿都该是我的呀。

父亲笑着说我傻，为这点事哭啥啊。他摔的跟斗多了，习惯了，再说不是好好的吗……

新屋砌好了，虽然不华丽却很宽敞很惬意。父亲极其开心，为自己的付出，为现在的收获和成绩。我也有些安慰，心想，父亲，终于可以在自己满意舒适的屋子里健健康康地安度晚年了。

可是，没多久，父亲的腿开始酸疼。腰背一天天的佝偻下去。检查结果是腰椎间盘突出。虽然吃了药，做了适当锻炼，可是，父亲的腰背却愈来愈像只虾。

每每看见这样的父亲，老这个字，总是无声无息地占据我的每个细胞。

虽然，我们不再让父亲干活了，让他休息。可是，母亲和她的坏脾气，总是不让父亲静心和安宁。父亲身上有病，心里也不舒服，我们担心他压抑着憋出病来，时不时喊他进城来散散心。可是父亲又怕影响我们的生活花我们的钱。直到实在憋屈得紧了，才来去匆匆地走一趟。

愈来愈老的父亲，让我心疼，让我担忧。我怕他不好的衰老的身体加上憋闷的心情，会在不知不觉中将他突然击倒……我不能说出我的担忧，只是常常地打电话，比以前抽出更多的时间回家看望他，或者让父亲坐车进城。希望，我的诚心和孝心，感动上苍，让我的老父亲拖着不健康的身子换取长寿。

/ 麦秸

花头巾的烦恼

春天，我和闺蜜去印度的科什米尔游玩，住在达尔湖岸边的船屋，以为可以避开战争的阴影和戒备森严的岗哨以及繁乱喧嚣。

却不料，刚一入住，船屋就被数不清的小商船层层包围，像圈圈涟漪推漾在圆心的一片小小树叶，无论怎么努力，都休想突出重围。一个又一个卖围巾、首饰的本地商贩，既热情又耐心地鱼贯靠近，不厌其烦地展示、推销各自的商品，然后热切地希望我们购买。这持久的轮番"轰炸"，令我们眼花耳鸣、苦不堪言。

为免再遭沦陷，翌日天未放亮，我们就逃也似上岸，去离此不远的小镇。这里住着印度籍同事最好的朋友阿里。同事说，阿里非常热情、热心，可以用私家车载我们去任何想去的地方。

我问："那我们需要付给阿里先生多少钱？"同事摇摇头，说不知道。不过，让我们别担心，阿里绝对是个好人，不会坑我们。于是我和闺蜜商量后，决定将一只中国梅花表，送给阿里当见面礼。车旅费，另外再给。

然而，当我们走进阿里家宽敞干净的客厅，迎接我们的除了阿里的一张笑脸，更有堆积如山的花头巾和琳琅满目的银制饰品。几乎一个上午，阿里才展示完他的所有商品。碍于同事的情面，我们不得不买下几条比商船上更昂贵的头巾以及一些首饰后，阿里竟不由分说地又带我们去了他的另一个商人朋友家。就这样，我们依旧在无穷无尽，连绵不绝的头巾、首饰的海洋中，昏昏然耗费了一天的光阴。

虽然，阿里家有晚餐招待，并说定明天一早开车带我们去美丽的德瑞穆萨拉小镇，但无法驱除我和闺蜜上当受骗、羊入虎口的愤懑。将先前准备赠与阿里的手表盒，往背包深处揣了又揣后，枕着一天的委屈和疲累沉沉进入梦乡。直到第二天凌晨被叫醒，机械地洗漱，上车。

一路上，风光新奇旖旎，如诗如画，令人心情愉悦，神情爽朗，不知不觉中，将不快和烦忧抛到脑后，我们像两只贪婪勤劳又快乐的蜜蜂，举起相机不停地采撷美景。可快乐的时光总是过得飞快，还没玩尽兴，天就已经黑了。我们依恋地想吃完饭再回去，可阿里告诉我们，这里由于资源缺乏，饭菜饮料物品都比其他地方贵上十几倍，让我们上车吃点心充饥。家里，他的妻子和仆人，已经为我们准备了节日才能享受到的美味、丰盛的晚餐。

天呐！这得要多少钱啊？我和闺蜜慌忙将同事拽到身边，悄悄地惊问。同事还是一脸茫然地轻吐三个字，不知道。这可怎么办？最终咬牙，跺脚，豁出去了，横竖遇到奸商，肉在砧板上，听之任之吧。

晚餐，真的是丰盛，可口极了！一通风卷残云、大快朵颐后，我和闺蜜一边用纸巾擦嘴，一边借着纸巾的遮掩交换眼神，打了一番暗语后，将钱包里几百卢比掏出来，放在阿里能看到的桌角表示：我们身上只有这么多了。如果不够，我们可以将昨天买的头巾和首饰还给你充抵。阿里的笑容突然凝固了，尴尬地看看我们，转头盯着同事，有几分愠怒地摊手耸肩，小声而急速地用印度语跟同事表达着。虽然结束时，仍然转头对我们微笑，但笑得却极其压抑。

同事坐到我们旁边，用中文翻译道：阿里生气了！你们侮辱了他！

我不悦地说："没辙。我们已经竭尽所有了。谁叫他让我们买他和他朋友的头巾、首饰？我们根本不需要，只是出于礼貌。现在，他觉得车费不够，我们只能将这些还给他。"

同事扑哧笑着说："啊呀，误会啦。阿里生气，是因为作为朋友，你俩竟要用金钱买他的真诚友情和热情。你们不知道，这顿晚餐，只有最尊贵的客人才能享受到，是多少钱也买不到的。"

我俩这才恍然大悟，愧疚自己的以小人之心度君子之腹。慌忙掏出梅花表替代卢比，双手呈送给阿里，以表示隆重的谢意和歉意。阿里立刻喜笑颜开，热烈地按印度对待尊贵挚友的礼节拥抱、亲吻、祝祷我们。

印度是个古老、文明、礼貌、诚信的国家。朋友归朋友，生意归生意。当阿里是商人时，在商言商，当阿里从商人的角色转换成朋友时，那就不再是金钱和物质的交易，而是干净纯洁与真挚的友情。

辗转反侧痛恨娘

/ 麦 秸

深秋初冬的气候
觉得家里少一条当下合适的被子
于是 翻出一床结婚时
娘陪嫁的旧棉胎
裹上一层鲜亮的皮囊 拎去乡下老家

深秋初冬的气候，觉得家里少一条当下合适的被子。于是，翻出一床结婚时，娘陪嫁的旧棉胎，裹上一层鲜亮的皮囊，拎去乡下老家，拜托娘送去弹棉花的私人作坊，扩展、翻新成一床2米乘2.3米大小的新棉胎。

娘当即皱起眉头说："那就得添加棉花，不然太薄太小。"

我赶紧说："这棉胎刚好六斤，正适合这段时候盖。你千万不要加棉花。"

母亲连连点头，表示知道了。

三天后，我看着旧貌换新颜的被子蓬松臃肿，俨然话剧舞台上秦海璐穿着碎花棉旗袍的"大赤包"。我费力地将其铺展到太阳下晾晒，转头狐疑愠怒地问娘，棉胎这么厚这么重，你给加了多少棉花？我让你不要加的呐。

娘否认加棉花，说用一段时间就会板实了。她说的吞吞吐吐又诚惶诚恐的样子。我还能再怀疑吗？于是，黄昏时，闻着香甜的太阳味道，将新被子放到床上。

夜晚，洗了澡，一身清爽轻松地钻进被窝。可是不一会儿，赫然感觉自己似乎是煦阳下的一片叶子，被包在厚厚的棉花包里，说不出的难受。越想越觉得原来那楚楚可怜贫瘠单薄的老棉被，绝对不可能酵母一般，蓬松喧腾出身上巨无霸一样的"汉堡包"。可是，娘清楚明白地说过，没有添加棉花呀。于是只能宽慰自己，是棉花蓬松的原因，那就忍受几天，且多在被子上碾压打滚，将它压板实了，就是希望的样子了。

然而，一连一个星期，棉被依然是浑身肥肉的大胖纸，肥硕厚实，将我在大汗淋漓中热醒，再难入睡。于是，静夜里，身上每个想睡觉却又烦躁怨恨着的细胞，都是对娘的埋怨。怨恨她的自作主张。

为什么娘不听我的话呢？我自己的生活自己会安排。我一再跟她说，我只要适合眼下气候盖的被子，不用加棉花，不要大被子。她不但加了棉花而且还说谎，害得我夜夜"蒸桑拿"，一身汗臭！哼！明天一定打电话，责问她，怎么能这样呢？可是，白天一忙乎，就把夜间的痛恨忘了。

待到夜里再度被"烤地瓜"，心里怨恨母亲，辗转反侧无法再睡。连续几天，头晕眼花，没精打采……

那夜，再次在大汗淋漓中醒来，怨恨、反侧中突然想：为什么要怨恨母亲呢？她自作主张添加棉花，是担心被子薄冻着我。这不是爱我吗？我也是做母亲的人了，不但不感恩，还好意思怨恨？

这么一想，心里的恨意和不快，立刻变成了浓浓的亲情，于是，心境自然地平和恬淡起来，在不知不觉中安然睡去。

再次回老家，平静地笑问母亲："妈，我那被子，你到底给加了多少棉花？"

母亲一愣，紧张地望着我，嗫嚅："加了4斤……天气预报说，今年冬天特别冷，所以我……"

我惊得瞠目结舌，但还是拥住了母亲。

首饰盒里的思念

/ 王晓宇

朋友的母亲
有一只檀香木首饰盒
有很多次
她都想偷偷地打开那只檀香木首饰盒
特别是夜里睡不着的时候

朋友的母亲，有一只檀香木首饰盒，有很多次，她都想偷偷地打开那只檀香木首饰盒，特别是夜里睡不着的时候，想到那只檀香木的首饰盒，她的心就有些莫名的激动，那里面到底藏有什么宝贝？以至于母亲如此珍惜，如此爱护，如此看重？

她一直没有敢轻举妄动的原因，是怕母亲嗔而生怒，惹怒了母亲，可不是什么好玩儿的事情。

母亲有一只檀香木的首饰盒，小小的长方形，有一本书那么大小，上面像浮雕一样凸起层层的花饰纹路，深紫红的颜色，半哑光的漆面，看上去古色古香，精巧雅致。

母亲一直像宝贝一样珍藏着这只首饰盒，把它藏在家里柜子的最底层，轻易不会拿出来示人。从她记事的时候起，看到母亲抱着首饰盒发呆有三次，每次都是夜深人静的时候。

第一次发现母亲有这样一个宝贝是她六岁那年，那天晚上一觉醒来，望着窗外黑漆漆的天，她有些害怕，光着小脚丫就往母亲的房间跑，却意外地看见母亲对着一只好看的小盒子发呆，眼圈红红的。

那两年，家里穷得是家徒四壁，放贷的人常常上门要账，母亲愁得整宿整宿睡不着，吃过槐花玉米面做的糊糊，也吃过榆树钱玉米面做的糊糊，日子清汤寡水没有滋味。母亲看见她探头探脑，吧嗒一声把小盒子关上，送回到柜子里。第二天，她趁母亲不备，偷偷地翻出那只首饰盒，令她大失所望的是，那只小盒子竟然被母亲用一只指甲大小的金黄色的小锁锁住了，也因此，她对这只木头盒子里的内容更加好奇了，是钱还是水果味的糖呢？

第二次看见母亲对着那只檀香木的首饰盒发呆，她已经是十六岁的花季少女。那年父亲因为一场大病，住进了医院，家里变得清冷静寂，仿佛山雨欲来的那种惨淡。母亲每天把小米粥熬得浓香四溢，配上精心制作的小咸菜，让她给父亲送去。

父亲住院，不但花光了家里所有的钱，而且母亲天天跑出去借贷，看人家脸色，行动谨小慎微。有人说风凉话，都快不行的人了，花那冤枉钱干吗？也不替自己想想。母亲回到家里，对着那只木头盒子发呆，暗自垂泪。

她没好气的对母亲说，天天对着那只破盒子唉声叹气，都什么时候了，如果是钱，赶紧拿出来送到医院。如果是首饰赶紧拿出来变卖了，还等什么啊？救命要紧！母亲白了她一眼，小心翼翼的把那只盒子放回原处。

第三次看到母亲紧紧地抱着那只檀香木的首饰盒，是她二十六岁那年。那年，她认识了一个男人，感情甚笃。要做新嫁娘的前一夜，母亲抚着她亲手做的红绫被、锦缎褥，哀声叹气。

她拥着母亲的肩，故意笑嘻嘻地说，女儿只是嫁人而已，嫁了人还可以回来看您，干吗这么伤感？高兴点，笑一个给我看看。母亲咧咧嘴，勉强笑了一下，转身去柜子里抱出那只首饰盒。母亲说，这只檀香木的首饰盒是我母亲的陪嫁，我结婚的时候，母亲送给了我，现在我把它送给你，算是陪嫁。

她抚着那只光洁雅致的首饰盒，心跳如鼓，莫名其妙地慌张起来，盒子里的内容让她猜测了多年，谜底现在要揭开了，她的手心竟然湿漉漉的，难道母亲要把她珍藏了一生的宝贝送给自己吗？

母亲轻轻地打开首饰盒，里面只有两张已经泛黄的两寸照片，一张是外祖父，一张是外祖母。谜底揭开，让她唏嘘不已，汗颜不已，曾经被她猜测过很多次的金银饰物，古董宝贝，原来不过是两帧小照。

一直以为，母亲是山，是海，是树，可以依靠，可以包容，坚强无比。原来母亲也想念她的父母，母亲也有软弱的时候，家中每次遇到重大变故的时候，母亲都会把这两帧小照拿出来看看，看了照片，她就会变得坚强，再困难的人事，她都会顺利渡过难关，那份亲情，是母亲生存的全部信念和财富。

/ 安艳莹

错 过

在一个飘雪的冬天,她和他相识于一场朋友聚会,彼此欣赏的两个人,暗生情愫,自然而然地走到了一起。

他在家里等着就业,焦急无聊的等待中,他的眼前白亮白亮的一片,到处都是她的身影。终于,他按捺不住对她的思念,乘车到她的家乡去寻她。功夫不负有心人,他找到了她的家,却没有见到她。原来她出差还没有回来。于是他天天到火车站去等她,那冰冷的站台送走了所有下车的旅客,寒意包裹着他,失望袭击着他的内心。但是他第二天依然坚持着,终究没有在车站接到心爱的姑娘。上班的日子临近,他不得不带着失望回去了。

她出差回家，那颗原本犹豫的心终于不再纠结，决定这一生都要与他厮守。她马不停蹄地赶回去找他，进门看到一个姑娘在厅堂忙碌，他的神色极为尴尬。他告诉她，这个姑娘是他分手的前女友，这次他回来，正好赶上她找上门来，一哭二闹三上吊。考虑到她失去父亲，他再抛弃她，她就活不成了，心软的他念及旧情妥协了。她红着眼圈对他说，"我怎么办？""你比她坚强，你会找到比我更好的。"

她无言地看着他，旋即离开，好像路边被寒风吹散的雪花，从此迷失了方向。天色黯淡下来，马路上车来车往，卷起了寒风，不住地向她袭来。行色匆匆的人们，都在归途中，可是她的家在哪里，那个刚刚要属于她的寒窑也消失了。她一路上都在想着怎么办，没头没脑，理不清的思绪，两百米远的宿舍，她走了很久很久……

接着她大病一场。病愈后，再也没有跟他说过一句话。

她每天形单影只地来去在上班的路上，脸色渐渐憔悴。他知道后，疼在心上。自己却无能为力，这一生注定要亏欠她，不能给她一份踏实的幸福。

慢慢地，她想通了，气色渐渐好起来，人也精神了，重新找回生活的勇气。

转眼又一年冬天，在一个飞雪飘舞的日子，她踏上了远行的火车，去寻觅属于自己的幸福。

爱情不等式

/ 积雪草

遇到他那一年 是上高中吧
他从外校转学过来
第一眼看见她
便傻傻地瞅着她看

遇到他那一年,是上高中吧!他从外校转学过来,第一眼看见她,便傻傻地瞅着她看。她跟一帮同学在说笑,一转头,看见他傻子似的盯着自己,忍不住笑了:"喂,刘大伟,你看什么啊?我脸上结出大米了?"

同学们一阵哄笑,他窘得不知所措,脸一直红到耳朵根,小声嘟囔:"你长得好看,我多看两眼又不犯法。"

考大学之前,他曾偷偷地问过她:"你准备报考哪所大学?我们一起。"她笑,恶作剧地说:"我的成绩那么烂,考上哪儿算哪儿。"他一再追问,她才故作神秘地说:"别告诉别人,我打算报上海交大。"得此信息,他如获至宝,美滋滋地去了。

转眼高中毕业,同学们风流云散,她考上了北京一所心仪的大学,他去了上海,一南一北,从此再无交集。

大二的时候,她开始恋爱。青葱岁月,栀子花一样清新和美丽,怎能辜负如此华年?

他叫林枫,是个有名的校园作家,自负、洒脱、才气纵横。在图书馆借阅的时候,首先映入他的眼帘的,是她穿着草编凉鞋的纤美秀足,他埋首于书桌上,顺着那只指甲上点点落红的脚,一路看上去,他开始心慌气短。

他花了很多心思追她。他的家境好,小说卖得好,因此有闲钱给她买小礼物。

周末晨昏,她和他牵着的手,终于成了校园里一道耀眼的风景。

也是那个时候,她居然在校园里遇到高中时的同学刘大伟,她有些吃惊,问他:"你怎么会在这里?如果我没有记错,你该在上海啊!"他惊喜地说:"我是去了上海,念了不到一个月就退学了,复读之后考到这里,比你低一级,是你的学弟。"

她笑靥如花的脸忽然就笑不出来了,笑容僵硬地凝结住,这个人,真的很傻很天真，自己的一句玩笑话，他竟然用了一年多的时间才把这个谎画圆。

她还是在戏弄他，并没有因此而改变。她和才子林枫一起去图书馆看书，他会提前跑去给他们占坐。她和才子一起去影城看电影，他会提前跑去给他们买票。他不介意当他们之间的"第三者"，当他们之间的陪衬。可是她却是介意的，让他去校门口那家冷饮店买绿豆冰，他当真颠颠地跑去买，路途远，沙冰化成一滩稀水，顺着指间滴滴答答……

快毕业的时候，她忽然得了一种怪病，掉头发。满头青丝，只一两个月的时间，便掉得所剩无几，美丽的容颜因为少了那些秀发，暗淡了许多。再也看不到她和才子十指相扣，走在校园里。林枫说他要闭关写小说，不能再荒废时间了。她心里明白，这些都是借口。

她开始近乎自虐地照镜子，不停地照，然后再把那些小镜子摔成碎片，一地的碎片像他们的感情，再无回天的可能。

刘大伟跑去安慰她，给她买了有绒线球球的帽子，她抓起来，一把扔到楼下，压抑了许久的情绪终于爆发："你嫌我还不够丑啊？买小丑一样的帽子给我戴，以后不要再让我看到你！"

毕业后，她去了一个偏僻的小城，那里没有人认识她。她的头发依旧没有长出来，她试过很多药，都没用，她有些绝望。

长裤换成了裙子，长靴换成了细带凉鞋，终于在公司门口，看到了那个很傻很天真的刘大伟。他提着箱子，臂弯里搭着衣服，一身的倦怠和尘土，很显然，他经历了长途的旅行之后，才到达这里。他笑："我无家可归，你收留我吧！"

那一刻，她有他乡遇亲人的感觉，把头抵在他的肩上，无声啜泣。一个人挣扎得太久，终于有一个肩膀可以依靠一会儿。

他带她到处求医，听人说香榧子、核桃治落发效果好，他千方百计地买回来，制成洗发水给她用。听说柚子核治落发有效果，他就去超市买了一大堆柚子，然后不停地吃，吃到肚子疼。她说："不至于吧？"他傻笑，很天真地说："取核是为用，但也不能糟践了好东西。"

秀发终于重新回到了她的头上，她开心地喜极而泣，拉住他的手说："我们结婚吧！"想不到他摇了摇头拒绝了，天真地说："等你心甘情愿想嫁给我的时候，我再娶你！我不想乘人之危。"

两年之后，她去北京出差，遇到一些旧同学，也遇到那个颇为自负的才子。此时，她早已不再是大学毕业前那个仓皇落魄的丑小鸭，而是一个风情万种的女郎，一头浓密时尚的短发，耳朵上闪闪的耳饰，眼眸如水。才子奔过来，拉住她的手说："你也太狠心了，一走了之，连个消息都不给我。"他抵着她的耳朵缠绵："想死我了！"她对他颇有些暧昧和调情的话语，掷地有声地回了一句："请自重！"

离去的时候，她想起那个很傻很天真的人，一句玩笑话，害得他南下复又北上，折腾了一圈，耽误了一年。她要吃沙冰，他像捧着珍宝一样捧着化成一滩稀水的沙冰。她去北京，他也跟着去北京。她去小城，他也回小城。她说什么，他信什么。

他不傻，他也不天真，都是一个爱字害得他乱了方寸，这样的男人不嫁，还等什么？

爱情里，没有什么道理可言，爱情不等式，也许就是最好的爱情公式。

/ 段奇清

有信江头春色

　　她是一名退休教师，每天过得单调而寂寞，内心却也不乏一份明丽与温热，就像黄昏时风中摇曳着的一支蜡烛。

　　一天，有人送给她一幅他的照片，是他年轻时的模样，英俊儒雅，仪表堂堂。她捧在手中，端详着，凝视着，内心顿时有如风吹过湖面，荡起涟漪阵阵。那人想让她讲讲与他的故事。这时，他已去世多年。她沉默着，脸上一时风云变幻，很久，终于开口说话：我所有的话，都只能同他说。他去了，我也没什么可说的了。

　　"诚必不悔，决绝以诺；贞信之色，形于金石。"其实，她又何曾对他有过什么承诺，沉默着，只是对他这份爱的尊重。她就是劳拉·怀特，他是马克·吐温。

1858年5月的一天傍晚，新奥尔良码头，鼓荡奔涌了一天的海面开始沉静下来，太阳的余晖为海水涂抹一层碎屑般的金黄色，有淡淡的花香味从海岸飘过来……

此时，二十二岁在宾夕法尼亚号当水手的萨姆·克莱门斯，即后来的马克·吐温，正想抓住这一天最后的日光读上几页书。突然听到从另外一条船上传来一些熟悉的声音，他一看，欣喜不已。原来他以前曾工作过的罗伊号不知什么时候泊在了一侧，距离不过十多米远。他赶紧将书合上握在手中，快步来到罗伊号，要和已数月没见的老朋友们说说彼此间的思念，交流交流相互间的见闻。

这时，有一个女孩出现在了他的面前，只见女孩袅袅娜娜，秋波流转，有如临水照花般。这个女孩就是劳拉·怀特。劳拉此时只有十四岁，家在密苏里州圣路易市附近的华沙镇。而她的叔叔正是罗伊号上的舵手，学校放假，是叔叔让她来感受大海的浩瀚与神秘的。不曾想，她却在这里邂逅了马克·吐温，也邂逅了一段爱情佳话。

什么是爱情，爱情是埋藏在心底的两条暗流，隐秘的汇合处，波光粼粼，春色浪漫。爱情犹如一本好书，只看了一眼封面，便觉有珠玑落盘，没曾开口，就已全部懂得。他说，她是那样与众不同，令人怦然心动，心驰神往；她说，他一颦一笑，一言一行，都让人终生难忘。

时光之锚似乎从来都是不系春晖只系离愁的。三天后，宾夕法尼亚号就要离开新奥尔良了。劳拉没想到欢乐的时光会如此短暂，当船起锚时，她把手指上的一枚戒指褪了下来，送给马克·吐温。

从此，他的日子里便只是"残灯孤枕梦，轻浪五更风"了。好在他有她送的戒指，当然枕边还有书，他要十年磨一剑，让腹中珍藏奇光五色，他年能补天西北。她却屡屡走进他的梦中，梦醒之后，他就枕着波涛，将这些绮丽温婉的梦，细细构思成散文或小说，在笔底流云，成为一段段锦绣文字后，他寄给她看，让鸿雁频往来。

然而变异突生，几个月后的一天早晨，宾夕法尼亚号发生了爆炸，伤亡极其惨重。幸运的是马克·吐温当时并没有在船上，那天，是他的弟弟亨利替了他的班，结果弟弟在爆炸中严重烧伤。一周后，治疗无效，在孟菲斯医院去世。深度自责使马克·吐温痛不欲生，他有将近一年的时间没有和劳拉联系。"为长心易忧，早孤意常伤"，就是这种痛彻心扉的手足之情，让劳拉更是看到了他是一个极重情义的人，一年的鸿雁停飞，不仅没让她与他有丝毫的疏远隔膜，反而与他的心系得更紧了。

"离思迢迢远，一似长江水。"那段时间，两人非常渴望能再见上一面，1860年，马克·吐温去华沙镇看望她。然而对于这个二十四岁的船员小伙子看望自己十六岁的女儿，劳拉的母亲并不是持欢迎的态度，而是充满戒备之心。从言语间，马克·吐温怀疑她偷看了自己与劳拉的通信，脾气暴躁的他一气之下，离开了华沙镇。

后来，马克·吐温十分后悔，在写给友人的信中说："我几乎过不了几天，就会梦到她一次。""思往事，看孤云，目断鸿雁去"，他实在忍受不了对劳拉的思念之情，于是提笔又给她写了一封信。将信投入邮箱后，他每天期盼着她的回信，希望能再次读到那睿智而甜蜜的话语，看到那流云般娟秀的字迹。没曾想，却是"云归月正圆，雁到人无信"。

原来，此时劳拉参加了南北战争，并成为南军的一名谍报人员。她想到自己和已是知名作家的马克·吐温只能相爱，而不能享受爱的甜蜜。为了隐藏自己的间谍身份，匆忙间她和一名叫查尔斯·达科的水手结了婚。此时，不说不能和马克·吐温通信，她甚至与家里也断了联系。

战后，劳拉和丈夫又一起去了西部，在旧金山开了一所女子学校。随后，她又移居到达拉斯，在公立学校做了一名教师，后又担任校长。

1880年，四十四岁的马克·吐温意外地收到了一封信，信是一位十二岁的达拉斯少年写来的。少年在信中向他请教了一些有关写作的问题，并告诉他说，"我听说，我们校长在她还是小女孩的时候，就和您认识。她叫劳拉·怀特，您对她还有印象吗？"也许觉得已年深月久，他是否还记得自己，劳拉要通过少年试探一番。可一份真爱是不必试探的，马克·吐温立即回信："我一直都没忘记她。"

　　劳拉要将这份感情好好珍藏，直到二十六年后，她已六十二岁，马克·吐温已是古稀之年。这时，她很想帮助一个曾经是自己学生的人上医学院，可她没有力量，于是求助一位慈善家，巧的是这位慈善家和马克·吐温是朋友。当马克·吐温得知这一消息后，立即给劳拉寄去1000美元的支票，这在当时称得上一笔巨款。此后，两人再没间断过通信联系，直到五年后他去世。

　　时间到了1925年，有一位专门从事马克·吐温的研究，名叫查尔斯·古德的学者，在听说劳拉有高高几摞与马克·吐温的来往信函后，希望劳拉能出售给他。此时，更有出版社争相出高价购买这些信函，有人甚至将价格增至2万美元。但她一直坚持说：要在她死时，销毁这些信，不让任何人读到，因为那是他写给她一个人的，不是写给别人看的。

　　1932年，八十七岁的劳拉去世，至死，她没向人透露过那些信一丝一毫的内容。

　　"有信江头春色，无凭天上浮云"，沉默着，给爱一种贞信，一种守望，这种沉默是高贵而伟大的。把爱埋藏在心底，不让任何人知道，不使曾经的爱变成蒺藜伤害到别人，这才是对失之交臂的那份爱最大的尊重。在日暮黄昏独自凭栏，默默而温暖地想着这份爱，于是心头的花开了，烟霞锦簇一般，直铺到江海湖泊，化作灿烂春色一片……

/李良旭

他是一只卡通熊

小约翰对母亲琼斯太太说:"圣诞节到了,我在学校要表演节目,邀请您到学校来观看我表演的节目。"

母亲听了,高兴地说道:"孩子,你真棒!妈妈真替你高兴。"说罢,母亲在小约翰的额头,轻轻地亲吻了一下。

小约翰的脸颊顿时飞上两朵红晕,像天上的彩虹。

小约翰七岁了,在得克萨斯州达拉斯市一所小学上三年级。小约翰很喜欢唱歌、跳舞,每当电视上有小朋友表演节目,小约翰总是惟妙惟肖地跟着模仿表演起来。小约翰表演虽然显得有些笨拙,但他学得很认真。母亲在一旁看见了,常常夸他表演得很好。小约翰心想:"我要是也能在学校圣诞节的晚会上,像好朋友卡尔一样,登台表演一个节目就好了。"

卡尔的母亲是一名大提琴演奏员,在她的言传身教下,卡尔从小就会拉一手漂亮的小提琴,他的琴声,悠扬、动听,像泉水一样,潺潺流淌。卡尔曾在圣诞节晚会上表演的小提琴独奏,令台下观众听得如痴如醉,引来阵阵热烈的掌声。许多同学的家长都认识卡尔,他们都夸卡尔是个小音乐家。

小约翰常常抚摸着卡尔的小提琴,眼睛里流露出羡慕的神色,他也希望拉出一手优美的琴声,像泉水一样,潺潺流淌。可是,他的目光很快地黯淡了下来。他知道,母亲在商场当售货员,薪水很低,买一把小提琴,需要母亲半个月的工资,而且学小提琴的费用很高,他只能将这份美丽的愿望埋藏在心里。但是,渴望也能在圣诞节晚会上台表演一个节目,在他心里却一直像熊熊燃烧的火焰,从没熄灭。

当老师终于同意他登台,和卡尔一起表演节目时,他高兴极了。他想,这是自己送给母亲最好的圣诞礼物,母亲看到自己的表演,一定会像其他孩子的母亲一样,紧紧拥抱着自己,亲吻着自己的额头。那一刻,他一定会幸福地陶醉在爱的氛围中的。

圣诞节晚会到了。母亲琼斯早早地来到了晚会现场。街坊邻居们听说小约翰要在圣诞晚会上表演节目,也都兴高采烈地早早地来到了晚会现场,要观看小约翰表演的节目。街坊鲜花铺里的老约翰先生,听说小约翰要在圣诞晚会上表演节目,将自己打扮成一个圣诞老人,也兴致勃勃地来到了晚会现场。

晚会上,小朋友表演了一个又一个节目。歌声飞扬,琴声悠悠,一阵又一阵热烈的掌声在晚会现场响起。

卡尔的小提琴独奏,更是引起了一阵又一阵热烈的掌声。一曲演奏结束,在观众的尖叫和欢呼声中,卡尔又即兴拉了一曲。

琼斯和街坊们,都将眼睛瞪得大大的,他们都在努力寻找着小约翰的身影。可是,人们的眼光渐渐地黯淡下来。除了一只卡通熊在卡尔身后蹦来蹦去的,一直没有出现小约翰的身影。

街坊邻居们不停地问琼斯太太,小约翰在哪呢?老约翰将圣诞老人的白胡子也拿了下来,不停地四下张望着,嘴里喃喃自语道:"我的小约翰在哪?"

可是,一直到晚会表演结束,大家谁也没有看见小约翰。琼斯太太忽然控制不住自己的感情,流下了伤心的泪水。街坊邻居和老约翰也都站起了身,神情沮丧地准备离开。

忽然,琼斯太太听到了儿子的声音:"妈妈,您看到我表演了吗?我表演得好吗?"

琼斯太太寻声望去,只见儿子身着笨拙的卡通服,手里拿着一顶卡通熊头套,一脸汗水跑了过来,他的身旁是拿着一把小提琴的卡尔。

母亲看到儿子,泪水一下子夺眶而出,她哽咽地说道:"你表演的什么呀?我们都没有看见你呀!"

小约翰脸上露出兴奋的光芒,他举起手中的卡通熊头套,说道:"我在台上看到了您啦!我还看到了许多街坊邻居们,还有约翰先生呢!我表演的是那只为卡尔伴舞的卡通熊啊!"

仿佛有阳光落地的声音,"嘭——"的一声,现场溅起一片阳光的碎片,斑斑驳驳的。那碎片,在每一个人心中融化。

短暂的一阵沉静后,忽然响起了热烈的掌声。琼斯太太将小约翰紧紧地搂在怀里,她哽咽地说道:"我看到了,你表演得太好了,那是一只非常活泼、可爱的卡通熊!"说罢,母亲在小约翰的额头上轻轻地亲吻了一下。

小约翰幸福地笑了。

街坊邻居们听了，恍惚片刻后，也都惊喜地说道："小约翰，你表演的那只卡通熊真是太可爱啦，又蹦又跳的，逗得我们开怀大笑！"

老约翰走了过来，他紧紧地搂住小约翰，说道："孩子，你表演的那只卡通熊，是一只非常可爱的卡通熊，我一直在心里嘀咕，这是哪位小朋友装扮的卡通熊啊，表演得真好，原来是我们可爱的小约翰啊，我真为你高兴啊！"

大家都夸小约翰表演的那只卡通熊非常可爱。小约翰听了，脸色愈发的红润，他脸上绽放出幸福的笑容，好像连眉毛都在笑哩。

卡尔走到约翰母亲琼斯跟前，激动地说道："我的小提琴演奏，如果没有约翰装扮成卡通熊给我伴舞，我的演奏效果就会差了许多，约翰真是我最好的朋友！"

说罢，他紧紧地拥抱着小约翰，眼睛里闪烁着激动的泪花，喃喃地说道："谢谢您！我的好朋友约翰！您真了不起！"

大家都对小约翰的表演赞不绝口。舞台上，那只憨态可掬、蹦蹦跳跳的卡通熊在人们脑海里留下了难忘的印象，虽然小约翰穿着笨拙的卡通服，头上戴着小熊头套，将自己严严实实地包裹起来，人们看不见他的脸，但是，人们都记住了那只卡通熊，因为那只卡通熊是由小约翰扮演的啊！

从此，小约翰走在小镇的大街上，常常听到人们欢快地喊道："小约翰，你真是一个可爱的卡通熊！"

小约翰笑了，笑得很甜、很明媚。他情不自禁地又手舞足蹈起来，就像舞台上那只活泼、可爱的卡通熊，给人们带来绵绵不绝的回味和甜蜜。

小约翰心里一直记着妈妈说过的话："孩子，如果你成为不了一名小提琴手，那么你能成为一只又蹦又跳的卡通熊，也很了不起啊，它同样给人们带来了欢声和笑语。"

弹给妈妈听的钢琴曲

/ 徐立新

玛丽莲是美国爱荷华州尼安莫小镇上的一名年轻的小学音乐女老师，她利用周末时间，开了一个钢琴基础学习班，专门教授那些对钢琴感兴趣的孩子们。

玛丽莲是美国爱荷华州尼安莫小镇上的一名年轻的小学音乐女老师，她利用周末时间，开了一个钢琴基础学习班，专门教授那些对钢琴感兴趣的孩子们。

后来，有一个叫吉姆的十岁半的男孩也来报名，玛丽莲本来便不愿意收他，因为在她看来，这个年龄才开始学习钢琴实在是有些太迟了。但吉姆坚持要学，他说，妈妈非常希望有一天能听到他弹的钢琴曲。

玛丽莲最后只好同意，她教授吉姆如何练习指法，掌握基本的乐理，吉姆学得很认真，也很刻苦，但还是缺乏必要的乐感和节奏感。

每个周末，吉姆的妈妈都会骑着一辆破旧的自行车来接送他，但她并不走到教室里来，只愿远远地、微笑着看着。

"为什么不邀请你的妈妈进来坐会儿呢？"有一次，玛丽莲问吉姆。

"哦，妈妈是一个比较害羞的人，我想，等我达到专业的弹奏水准，正式毕业了，她一定会来感谢您的！"

玛丽莲没有说什么，心中却在想，这个孩子真是天真，以你的资质哪可能达到专业水准。

很快，大半年多的时间便过去了，玛丽莲的很多学生进步都很大，皆能够熟练弹出许多优美的曲子，但吉姆却依旧徘徊不前。

很多次，前来学习班咨询报名事宜的家长们，当他们听到吉姆的琴声，都会情不自禁地皱起了眉头，玛丽莲只好解释说，他是刚来学习的，而且没有什么音乐基础。

后来有一个周末，吉姆突然没有来，接下来的一个周末里也没有来，玛丽莲朝吉姆家里打了几次电话，但根本打不通——吉姆家的电话欠费了。

玛丽莲想吉姆应该是知难而退，主动放弃了，她暗暗高兴，心想再也没人来败坏自己的教学口碑了。

按照惯例，每年的最后一个晚上，钢琴学习班的汇报演奏会都会准时开始,今年也不例外,二十多个玛丽莲的学生要在镇上的一所大教堂里,每人弹奏一首他们最拿手的曲子,台下则坐满了听众。

可在演奏会开始前的几分钟里,吉姆突然出现了,他来到玛丽莲的面前:"老师,请让我也上台弹一曲吧!"

"可是你已经自动退学了,是不可以参加的。"玛丽莲为难地说道,其实她担心的是,吉姆会搞砸她精心准备的这个汇报演出。

"求求您了,老师,妈妈今天也能听得的,她最希望我能登台演奏了。"

一提到妈妈,玛丽莲有些心软了,"好吧,那你就最后一个上台吧,如果时间够的话。"

结果时间真的够,当吉姆宣布自己要演奏莫扎特的C大调协奏曲的第21章时,玛丽莲和在场的所有听众都几乎要惊呆了,因为这个曲子难度非常大,少儿钢琴学习班上的学生很难学会的。

但吉姆会,从低音到高音,从快板到慢板,从舒缓到急促……六七分钟的表演,吉姆堪称完美,在一阵阵热烈的掌声中,玛丽莲激动地跑到吉姆的跟前:"请让你妈妈也上台来吧,她一定会为你感到骄傲的!"

"她来不了,老师,您知道我前段时间为什么没来上课吗,因为妈妈得病了,是癌症。我只能一边照顾他,一边在家用纸剪成的钢琴键盘上练习,我想让妈妈来参加今晚的汇报演出,可是几天前,她却死了。"吉姆低下头,眼中泛着泪花。

"哦,老师,忘了告诉你一件事,其实,我妈妈是一个聋哑人,但我相信在天上的她,刚才一定听到了我的琴声,一定会为我感到骄傲和自豪的,对吗?"

玛丽莲不知道该说什么,只是一个劲地点头,然后把吉姆紧紧地拥在怀中,是爱,让这个不具备音乐天赋的孩子,创造了一个奇迹。

喜欢雨天

/ 麦 秸

春晨 Q群里便嚷嚷声一片
唉 今日风疏雨骤雷鸣
苦了我等电驴上班人啊
唉 又下雨
今年的春雨贱得如地沟油

春晨，Q群里便嚷嚷声一片："唉，今日风疏雨骤雷鸣，苦了我等电驴上班人啊。""唉，又下雨，今年的春雨贱得如地沟油。"……

下雨了么？我这个无需坐班的闲懒人，心里却鼓荡起和风一样的欢欣与温情。

一直喜欢雨天。不仅仅是因为雨天，少了一份尘嚣和忙碌，可以心无挂碍，安安静静地享受天赐的静谧和清闲。更因为每逢雨天，我的记忆里就有一把银色的梭子，"嗖"地飞出来将丝丝的雨线，织成一张金色魔毯，载着我穿越到童年的那些雨天。

生在农村，父母皆农人，有着丰收的攀比和自尊。晴天里是鸡叫起身、戴月出门，躬耕田间，忙到星星点灯。虽然和我们朝夕相处，却很少有亲近欢愉的闲情。他们的时间和精力，都化成力气和汗水，亲近滋润了田地和庄稼。然而，雨天却是个例外。

雨天里，母亲依旧早早起床，在屋子里穿梭忙碌不停，但我们却时时能看到、触到她的身影，小小的人儿便有了满心的安宁和欢喜。而父亲则安然享受天赐的懒觉。可惜，我们并不懂得体恤同情他，像两只可恶的跳蚤一般蹦跶到床上，和弟弟各跪一侧，一个搬起父亲疲惫的脑袋，一个拿着红头绳（红毛线）一丝不苟地打理他满头的黑发，企图扎起一个一个的小辫子，把他妆扮成动画片里的"红孩儿"。

可怜的父亲在梦中不自觉地扭头，被红头绳圈起的头发乘隙逃脱了束缚……于是，这样的反反复复，不厌其烦中，父亲无奈地睁开睡眼，恍惚中理清状况，便将我和弟弟抱骑在腹上，甘之如饴地使自己由"红孩儿"变成"白龙马"。

那时候，不懂晴耕雨读这个充满闲情逸致的美丽词儿。只知道雨天里，爸爸就会变成另外一个人。

他认真地磨墨、裁纸、洗笔、调出一碟碟彩虹般的颜料，清理干净平日被冷落在墙壁下的长条桌。然后我们明白了，他要画画。

爸爸很神奇，他没有任何参照的画册资料，只静静地歪着脑袋沉思一会儿，便咧嘴一笑，低头挥毫，在洁白的纸上"唰唰唰"，就盛开出一朵碗口大的绿叶紫牡丹。他搁笔端详，举起来看看，再侧头想一想，"唰唰唰"，花蕊上飞来一只黑蝴蝶。他左右端详，咧嘴笑笑，再蘸色"唰唰唰"，花荫下长出一丛匍地的青草……

这时候，我和弟弟都不吵也不闹，更不搬着他脑袋用红头绳扎辫儿。我们像温顺的小羊跟在母亲身后转一圈，就蹑手蹑脚地跑到父亲身后，踮起脚尖瞪大眼睛找，于是每次都有新发现，惊喜地看到了虬枝红颜的梅花、山石、菊花、亭台、娇柔妩媚的兰花和蠢蠢欲动的小蟋蟀。再过一会儿，父亲的画笔又栽出一丛亭亭翠翠的绿竹，向一边飘摇。我心里知道，父亲的画里，还有缕缕的清风。

于是，外面下着雨，我们家光瘠的墙壁上，便长出了一年四季最好看的风景：梅、兰、竹、菊。原本古旧沉重的雕花木床上，开着水灵灵的牡丹，挂满红彤彤的石榴，蝴蝶在花间起舞，白肚子的喜鹊站在石榴树梢上，伴着我欢喜的心得意地"喳喳喳喳"叫……即使是寒冷的冬雨，家也温馨，心也温暖，亲情泱泱。

雨天，我们是父母亲护翼下的"小鸡"，我们可以尾随着母亲欢笑胡闹，依偎在父亲膝上撒娇。我们是蝴蝶、花鸟、虫草，眷恋着父亲的画儿。我们幸福莫名，我们兴奋又安宁。

无数个童年的岁月里，我们一直期盼、祈求着雨天。而今每一个雨天里，沧桑烦躁的心里都会充溢出满满的幸福、温馨、安逸和宁静……

黛丝太太的笑容

\ 李良旭

黛丝太太是美国得克萨斯州奥斯汀市一家五星级酒店的洗碗工。黛丝太太很穷,她的丈夫约翰森卧病在床上,两个孩子正在上大学。黛丝太太十分珍惜自己的这份工作,虽然工作十分辛苦,但毕竟是她一家人的希望。

每天,黛丝拖着疲乏的身体回到家,便马上忙着为丈夫擦洗身子,给丈夫做吃的。黛丝从冰箱里拿出一些剩菜剩饭,做个简单的饭菜,然后喂丈夫吃下。

看到夫人忙碌的身影,约翰森的脸上总是露出十分歉意的神色,他喃喃地说道:"真对不起了,让您受苦啦!"

黛丝含嗔道:"瞧你说的,我们是夫妻,就应该互相关爱,互相帮助。"

一席话,说得约翰森泪光婆娑,脸上充满着感激的神情。

黛丝在酒店洗碗时发现,一些碗碟里还常常有客人没有吃掉的剩菜。

尽管黛丝太太在这酒店上班已有八年了，可是，这些菜她从来没有品尝过。有一次，她在洗碗时，以迅雷不及掩耳的速度，将一块即将要倒进泔水桶里的鱼片放进了嘴里，然后闭着嘴，用牙齿在嘴里努力嚼动着。那一刻，尽管心脏在嘭嘭地狂跳着，但是，那鱼片的美味，实在让她回味无穷。真没想到，世界上还有这么美味的食品。她想，这么好的美味食品就这样倒掉了，多可惜啊！

这天，黛丝太太又在清理一大堆碗碟，她发现一只碟子里还剩下几个鱼丸子，她想，如果就这样倒掉多可惜啊，她想到生病躺在床上的丈夫约翰森。约翰森已经很长时间没有吃过鱼了，如果将这几个鱼丸子带回家给丈夫吃，也可以给他补补身体呢！

想到这，她像做贼似的，瞧瞧四下无人，就将那几个鱼丸子倒在一只塑料袋，然后塞进了口袋里。

不想，这一幕，恰好被推门进来的酒店老板科尔看见了。科尔看到黛丝一脸惊恐，脸上还冒出了汗，一只手很不自然地捂着口袋，紧张兮兮地直直盯着他。科尔疑惑地问道："你这么紧张干什么？"

科尔先生这一问，黛丝吓得更加面如土色，她慢腾腾地将口袋里的塑料袋拿出来。科尔先生一看，是几只压扁了的鱼丸子。于是他笑道："几只客人吃剩下的鱼丸子，你要它干什么？"

黛丝一听，再也控制不住内心的情感，她抽泣着说出了自己困境。

当科尔听了黛丝的一番倾诉，大为惊讶。停顿了好一会儿，科尔向黛丝深深地鞠了一躬，说道："黛丝太太，实在对不起！您作为我酒店里的一名老员工，我对您家里的困难，却一点不知情，这是我的失职。有时间，我一定登门看望约翰森先生。"

科尔先生的一席话，让黛丝太太非常感动，她不知如何是好，心里感到很不安。

第二天，黛丝将丈夫安顿好，正要出门上班，突然，她看到老板科尔推门进来了，他手里还拎着一只保鲜盒。

科尔来到约翰森床前，坐了下来，一脸内疚地说："约翰森先生，您身体不好，我才知道，这是我的失职。黛丝太太给酒店做了很大的贡献，她是我们酒店的宝贵人才。这是我亲手做的一道鱼丸子，给您补补身体！"

约翰森努力地欠起身子，他紧紧地握住科尔的手，感动得热泪盈眶……

科尔回到酒店，宣布了一项重要决定："今后凡客人没有用完的菜肴，不要轻易倒掉，如果有员工觉得还可以有食用价值，可以自己打包带回家。毕竟，我们有的员工还很不富裕。"

说到这里，科尔看了一眼台下的黛丝太太，眼圈一下子红了。

科尔的这项决定，令员工们欢欣鼓舞，拍手称好！员工们的工作积极性更高了。

这件事被一名前来就餐的记者发现了，他写了一篇文章发表在得克萨斯州《基督教科学箴言报》上。记者在文章中写道："将有用的食物倒掉，不仅是一种浪费，更是一种人类的自我毁灭！珍惜食物，其实就是珍惜我们人类自己。酒店老板科尔的做法，无疑值得借鉴和推广。"

（后来，得克萨斯州还专门颁布了一项法律：任何酒店、餐馆，都不得随意倒掉客人吃剩下的食物。）将那些还可以食用的食物倒掉，就是一种犯罪。那些有用的食物，对于那些生活还很贫困的人来说，就是一种继续生活下去的勇气和希望。

黛丝太太笑了，她笑得很甜、很温馨。走出大酒店，她手里常常拎着一个布袋，里面常常装的是客人吃剩下来的美味菜肴，更让她兴奋不已的是，她丈夫约翰森的病情已大为好转，已能下地活动了。幸福、甜蜜的日子，正一天一天地向她走来……

收藏幸福

/ 红颜添乱

我有两个很有意思的同事罗红和秦璐
罗红的家庭条件比较好
但是秦璐就不一样了
她来自山区

我有两个很有意思的同事：罗红和秦璐。

罗红的家庭条件比较好，父亲是律师，母亲是一家大医院的护士长，她的老公是家软件公司的工程师。另外，罗红还是本地人，又是独生女，结婚后，父母不舍得让她出去住，罗红两口子就和父母住在那套二百多平方米的复式楼里。生长在这样的家庭，算是很幸福的吧？但是，罗红却经常抱怨：父亲是律师，逻辑思维太清晰，一点小事情动不动就给她上纲上线地上教育课，真是烦死人；母亲上夜班，经常弄得三班倒，大早晨就去上班，晚上有时候又不在家；婆婆很宠爱自己的儿子，会偶尔过来住上几天，婆婆做事情太过分，例如，洗水果只洗两个，一个婆婆自己吃，一个给她儿子吃；老公某天因为吵架，把她推到了沙发上，她气得哭了半天；有天和老公一起参加一个朋友的聚会，老公喝醉酒了，饭局结束了，老公拦住大家不让走，让大家听他唱歌，然后撕开喉咙唱："朋友啊朋友，你可曾想起了我……"唱得严重跑调难听死了，朋友们都苦着脸听他一个人在"演唱"，弄得她想找个地缝钻进去……

罗红诉说这些的时候，情绪激愤，好像天下就她最不幸福，听得我都累，中午吃饭的时候，我总是找借口不和她一起去吃饭，省得听到她念"苦经"。

但是，秦璐就不一样了，她来自山区，家里的负担比较重，还有个读高中的弟弟，父亲因为在外地打工受伤，不能外出打工，就在家里休养。母亲的身体也不好。秦璐和我聊的时候，聊的都是她开心的事情："我弟弟学习成绩很好，肯定以后能考上重点大学，我已经给弟弟攒了一部分学费了；父亲的腰伤现在好多了，能下床走路了；母亲养了十多只母鸡，每天都能收八九个鸡蛋，母亲攒了一些，等我回老家后，我要带回来一些，'那是正宗的土鸡蛋，超市里很多都是骗人的'，想想又可以吃到正宗的土鸡蛋，很开心；周末的时候，我自己包的饺子，味道非常鲜美；我和别人合租了一个三居室，那两个女孩住的都是大卧室，我住的是小卧室，其实，卧室大小无所谓的，还不都是个睡觉？但是，便宜了好多呢，我感觉蛮好的！"……

有天中午我和秦璐一起出去吃饭，等饭菜的时候，秦璐指着面前的水杯说："虽然我的幸福都是小幸福，但是，我把它们收藏起来放在一起，那么就会是很多的幸福，每天想到自己拥有这么多的幸福，我的心里就暖洋洋的，干起工作都特别有劲……"

我终于明白这两个人怎么会有如此大的差别。罗红的各方面条件都比秦璐要强得多，但是，她根本没有去收藏自己的幸福，她反而用心去"体会"自己的种种不开心，结果，就弄得自己很哀怨，好像她真的生活得很不幸一般；秦璐收藏生活中的点点滴滴的幸福，时常在内心细细地品味这些幸福，所以，她尽管生活得艰辛一些，压力大了一些，但是，她依然感觉自己非常幸福。

生活中的我们，如果懂得收藏幸福，懂得珍惜幸福，我们就会活得很快乐。

走着走着就明白了

第二辑

许道军：万物从容
吕　麦：停下来，反省一下
蓝　莓：常在阳光下晒晒心情
李良旭：醉人的笑脸你有没有

万物从容

/ 许道军

我观察花草树木已经三十多年了
从冬到夏 从春到秋 年复一年
现在终于有点发现
那就是 任何一株花草树木都不急
万物从容

我观察花草树木已经三十多年了，从冬到夏，从春到秋，年复一年，现在终于有点点发现，那就是：任何一株花草树木都不急，万物从容。

在一年中，它们都要开花一次，都有属于自己最美丽的瞬间。它们不提前，也不滞后，不慌不忙，从容不迫。它们都知道，造物主早就安排好了，每株花草树木只有一次开花的机会，不会多，也不会少。梅花开放的时候，桃树静静地看着，一点也不急。白玉兰翩翩坠落的时候，茶树知道该它们上场了。泮池的鱼儿也不急。它们急什么呢，要赶路吗，吃饱了还要更饱吗？不是，它们只需要在水里游来游去。

有一种花叫月月红，它就很急，沉不住气。只要看见有别的花在开放，它就嫉妒，吵着要开花。上帝是宽容的，说，你要是想开花就开花吧。一年四季只要有别的花开放，它就要开放。一年四季总是有花开，于是它一年四季都开，人们叫它"月月红"。由于它太急了，没有准备，只知道开花，没有想到积聚能量，把握时机，蕴藏芳香，所以开放的时候，人们只看见它很红，看不到其他的好，有点轻看它。你看，在公园里，就找不到她的身影，虽然她很努力。

那些园艺大师就很急，替花着急。心说，漂亮的花儿开放了，大伙还不知道呢，于是他们把这些花从各个角落，甚至很远的山区、草原移过来，放在主干道旁边、住宿楼窗户下、公园里，告诉大家，你们快看啊，它们开花了，再不看，它们都谢啦。可是，有任何花草要园艺大师这么干了吗？没有。它们开花只是自己好玩，轮番做游戏，或者开给它们的情人看的，惺惺相惜。它们的情人是谁呢？它从来不会告诉人们，大约是那些蜂蝶吧。文人吃醋了，就叫它们狂蜂浪蝶。

你看，这些花草从来不急，有没有人看见，都不急。我在校园很多角落里，发现了这样的小花，它们慢慢地开着，安安静静。三万多师生当中，估计看到它们开花的寥寥无几。又怎么样呢？况且，没有人看见，就不开花了吗？

可是我就很急：出名要趁早啊，自古英雄出少年，年轻有为啊。我很早的时候就起早贪黑，三更灯火五更鸡。就像那些园艺师把花草修修剪剪、捆捆绑绑、施肥催化一样，我也折磨、扭曲自己的身心，抢跑、插队、冲刺，跟别人赛跑，跟时间赛跑，跟自己较劲。可是我有为了吗？没有。现在三十多岁了，有些懊恼。要是当初慢慢走一条路，会走很远；做一件事，会做很好。

人生三十年，也不短了，历史三千年的百分之一，现当代史的三分之一，我看到了一些事情，也有点点发现。那就是：不要急，任何一个成功者都不急，大师从容。这现当代史的三分之一，发生了多少事啊，我见过多少人匆匆走过。可是，走得再快，快得过时间吗？不能。时间最终将他们甩在身后，慢慢塞进历史的压缩文件。走得慢的人，时间陪着他，慢慢前行。他们慢腾腾地起床，浇花、打坐、看落日，从来不理会时间。时间也不催他们，随着他们的性子，在一边等他们。这些人往往就是大师，各方面最成功的人，至少是活得最长的人。

要迅速生活，时间就走得快；要永久生活，时间就走得慢。匆匆忙忙跟时间赛跑的人，不还是想多赚取一点时间吗？有人花钱买时间：打的、坐飞机；有人舍命换时间：熬夜、加班。他们费尽心机赚取了一点时间，其实也就是用来换取钱财和荣耀而已。可是等他们有了钱财，有了荣耀之后，还是要用钱财和荣耀换取时间啊！况且，跟时间赛跑的人，总是容易出事故，跟交通事故一样。

桃花不模仿荷花，桃花开放的时候，荷花也不急，不羡慕；大师不模仿别人，别人成功的时候，大师也不急，不羡慕。释迦牟尼不关心理论，只关心生老病死。阿难会背所有的佛经，可是成不了佛祖。万物从容，大师从容。

停下来，反省一下

/吕 麦

那天 事情过后
我一直坐在电脑前懊恼 发呆
唉 现在回想起自己当时的言行
依旧愧悔得要找个老鼠洞钻进去

那天，事情过后，我一直坐在电脑前懊恼、发呆……

唉，现在回想起自己当时的言行，依旧愧悔得要找个老鼠洞钻进去。

我居住的楼栋前方两米处，是一家银行的楼顶平台。开始，我们楼上有住户，率先将一盆仙人掌从阳台窗户扔到平台上。虽然，灰黑色的瓦盆被摔得七零八落，但皮实的仙人掌却就地"落户"，"随遇而安"了。翌年，竟然蓬蓬勃勃"占领"了天台的五分之一地盘。夏天，开出娇艳艳、明晃晃一片黄花，成为一道心喜的风景。

然而，美丽的花儿，在牛羊的眼里都是饲料。楼上的某些住户，竟然将一袋袋生活垃圾，随手扔向天台，砸进花丛。渐渐地，仙人掌的地盘被坏衣架、旧皮鞋、破衣服，各种饮料瓶侵袭，直至覆盖。

仙人掌逐日萎缩并枯亡。我也不知道，她们究竟是被欺负死的还是被人类不懂得"怜香惜玉"的行为给气死的。仙人掌的消失，让天台彻底变成了垃圾场。为此，我找过小区居委会并且尽可能地劝说熟悉的邻居，将垃圾带到楼下的垃圾箱。可，人微言轻，收效甚微。

常常，我坐在窗前看书、上网，恍惚间，眼前一团黑影，"嗖"地射向平台，燕子？喜鹊？或是鸽子？仔细一看，却是一件垃圾。使得平台杂乱的垃圾中，犹如熟悉的脸孔中突然夹进一个陌生人，很是扎眼。每每这时，我怒火中烧。但居委会说："你让我们找谁去呢？咱们根本不知道是哪一家扔的垃圾！"

可不是吗？每次看到一团"黑影"射下，等我冲上阳台拉开窗户伸出脑袋，想做个福尔摩斯，楼上任何一家都是阒然的无辜。"嫌疑犯"是谁？连华生都只能耸肩叹气。

那天正午，我正往太阳下晾衣服。忽然，眼前一团光影闪过，一件脏兮兮的蓝毛衣跌落在天台上。跟随毛衣簌簌而下的灰尘，纷纷落在我的衣服上。我愤懑不已，忍了又忍，终于无法再忍，仰头冲着楼上大声叫骂起来……

正骂得吐沫横飞，隔壁阳台上伸出颗脑袋，怯怯地问："姐，怎么？楼上又扔垃圾？"

我余怒未消地说："是啊。真是不自觉……"

楼上依旧悄然无声，女邻居愕然地盯了我几秒，表情莫测地收进脑袋。我回到房间，坐在电脑前，总觉得心烦意乱很不对劲。过了几秒，突然惊醒一般道：天呐！我刚才……居然骂脏话、爆粗口？还在邻居面前脱口而出？这还是我吗？邻居一直认为我知性、淑女，怪不得刚才用愕然的神色盯我。还有，我为什么要骂人呢？好好说不行吗？譬如说："哎，楼上邻居能不能自觉点呢，咱们下楼的时候，把垃圾顺带到垃圾箱不是很好么？"这样说，人家心理上容易接受，也许下次就不扔了。人都有逆反心理，你越骂他（她）越扔。这不是损人不利己，得不偿失么？而且还在邻居面前破坏了自己一贯的美好形象。唉唉唉……我真是太激动、太冲动了。激动是一团火，把自己烧得面目全非，而冲动，却是更丑陋的魔鬼。

"下不为例！切记！切记！"我郑重地告诫自己。

忙碌和烦躁的生活中，我们遇事不妨停下来，反省一下，试着幻想生命是两张赌台：一张是灵性的赌台，一张是小我的赌台。灵性的赌台上，赢回来的筹码是喜悦、和平、爱、快乐和丰盈。唯一能在小我的赌台上赢得的筹码是愤怒、混乱、冲突、困惑和匮乏。任何时刻，走向哪一张赌台都是我们自己的决定。

常在阳光下晒晒心情

\ 蓝莓

《红楼梦》里的秦可卿，是个极令人心动和惋惜心疼的女子。

你看，贾府长一辈的，想她素日孝顺；平辈的，想她素日和睦亲密；下一辈的，想她素日慈爱；家中仆从老少，想她素日怜贫惜贱、爱老慈幼。她婆婆尤氏说：这么个模样儿、性情儿的好媳妇，只怕打着灯笼也没处找呢……然而，那媳妇见人虽则有说有笑的，她可心细，心又多，不拘听见什么话儿，都要忖量个三五夜才罢。这病就是从这"用心太过"上得来的。正是"用心太过"，秦可卿这个可人儿，韶齿花颜之龄便早早地撒手归西了。

还有那一位"心有千千结"的才女黛玉。虽然外祖母对其百般疼爱，但她却不能忘怀于自己的身世，总有"寄人篱下"之感。整日将儿女私情和世人的冷漠、势利萦绕于心上。搅得三更不眠，泪眼涟涟，"别有幽愁暗恨生"。终日郁郁寡欢，病体日渐沉恹。尽管宝玉一再劝她说：妹妹但凡放宽心，这病就好了一半了。然而，她终不能"放宽心"。

中医有谶言："虑过伤心。"说的就是过量的伤害。你听，为秦可卿把脉瞧病的名医张先生说：心性高强，用心太过的人，不如意事常有。不如意事常有，则思虑太过。忧虑伤脾，肝木忒旺，心气虚而生火。心气虚而生火者，夜间不寐。肝脏血亏气滞。头目不时眩晕。不思饮食，精神倦怠。欧阳修《秋色赋》中说："人为动物，惟物之灵，百忧感其心，万事劳其形，有动于中，必摇其精。"可见，一个人的心情、心境，是健康的根本和关键。

每个人只有一颗心，在万千平常的日子里，我们的一生却要遭遇到很多事情。而心承载的分量是有限的，不可以在心里灌注太多的"水"。佛家说："境由心生。"天气晴朗时，请在阳光下晒晒心情，心里那些各式各样含酸带碱的风雨阴霾，就会悄然遁去。美丽的大自然和相知的朋友，就是心灵的紫外线。学那古人"行到水穷处，坐看云起时"的淡泊潇洒，积极乐观，心境自会有"柳暗花明又一村"的豁然开朗。你的心就会因此而宽敞，恢复洁净与轻盈，快乐和健康将伴随你度过每一天。

醉人的笑脸你有没有

/ 李良旭

美国著名摄影大师史蒂夫·科尔
在街头抓拍了一组照片
他将这些在街头抓拍的照片
举办了一个摄影展
展览的名称是《醉人的笑脸你有没有》

美国著名摄影大师史蒂夫·科尔在街头抓拍了一组照片,他将这些在街头抓拍的照片,举办了一个摄影展,展览的名称是:《醉人的笑脸你有没有》。

没想到,摄影展举办以来,吸引了大批观众前来观看,盛况空前。许多观众在这些摄影作品前流连忘返,有的人眼睛里,露出羡慕的神色;有的人脸上,露出沉思状;还有的人眼睛里,噙满了泪水……

这是一张大楼竣工典礼的照片。有人在大楼前燃起烟花,烟花在天空中绽放出艳丽的色彩,姹紫嫣红。路过的人群中,有的人捂着耳朵,有的人皱着眉,有的人嘴里嘟囔着。此时,只有路边一个六十多岁的流浪汉仰望着天空,脸上露出灿烂的微笑。流浪汉的脸上有许多污垢,头发凌乱,衣服破旧,但他仰望天空,望着绽放的烟花,脸上的笑容,却是那样清澈、明媚。那一刻,他的笑脸,纤尘不染,好像连眉毛都在笑呢!

这是一张路边一个耍杂技的照片。耍杂技的是个三十多岁的青年人,他正在用双手抛六只彩球。有的人目不斜视地从这耍杂技的面前匆匆而过;有的人脸上露出不屑一顾的神色;也有的人脸色阴沉地从旁边走了过去。此时,只有一个七八岁的小男孩正目不转睛地看着那个耍杂技的人,他笑得嘴都合不拢了。那满脸稚气的笑容,像清粼粼的溪水,纤尘不染。阳光温柔地洒在他的身上,散发着耀眼的光芒,像披上了一层金色的羽毛,熠熠生辉。

这是在城市一处地铁通道处。一个拉小提琴的艺人,正在神情专注地拉着小提琴。悠扬的琴声,在地铁通道口回响。可是,从他旁边经过的行人,全都行色匆匆,人们对这位拉小提琴的人仿佛熟视无睹。此时,只有一个六十多岁的老太太,她放下手中的蛇皮袋,脸上露出温暖的笑容,在静静地聆听眼前这人的小提琴演奏。老太太稀疏的头发干枯、泛白,满是皱纹的脸上，烙上了深深的岁月风霜。但是，老太太的笑脸，是那样温馨、甜蜜，荡漾出明媚的色彩。

这是在一家商家门口。商家在门口搭了一个大台子，台子上铺上红地毯，台上一位歌手正在演唱。可是，台前空荡荡的，几乎没有一个观众，只有一个手拿扫帚，身着环卫工制服的观众正仰着脸，忘情地望着台上歌手的演唱。她裂开嘴，脸上露出灿烂的笑容，她的两颗门牙掉了，笑得格外清澈、明媚。

……

这一张张无声的笑脸，仿佛像一面镜子，照耀着人们的内心。人们不禁扪心自问，醉人的笑脸我有没有？

美国著名的《华盛顿邮报》在评论中指出：在这充满浮躁的社会中，我们常常失去一个人最宝贵的东西——笑脸。史蒂夫·科尔的《醉人的笑脸你有没有》的摄影作品，让我们看到了笑脸的珍贵和无价。拥有一张醉人的笑脸，就是拥有一种最宝贵的财富。笑脸，也是一种强大和无畏。

/ 安艳莹

我的快乐老家

小时候，我家住在一个依山傍水的村子里，因为书香门第，很受尊重。我八岁那年冬天正月里，全家迁入了绥棱县。离开爷爷奶奶那天，奶奶伤心极了，爷爷劝慰着。出身大家闺秀的奶奶从小被缠足，可是她依然坚持送我们一家，当时一家人踏着冰雪，穿过结着厚冰的大河，长我一旬的堂姐搀扶着奶奶。我和堂弟一会儿工夫超过爷爷和二爷，躲在河堤彼岸，等爷爷来了，突然蹿了出来，平时严厉的爷爷那日格外温和，他和二爷畅谈着，我和堂弟乐此不疲，又藏在河堤这边等着奶奶她们，又是一阵惊呼之后的欢笑，克音河也被我们笑醒啦。而那时的我是快乐的，丝毫没有感受到离别的痛苦。

过了几天，我家都安顿好了，爷爷奶奶也回家了，日子又恢复了平静。这时的我才感到孤独，新家没有原来熟悉的小伙伴，没有绿水青山，没有爷爷奶奶，没有给我无限欢乐的大河，没有那片白桦林。孤单的我去找四姐玩，可是她要帮大妈做家务。我只好去外婆家，可外婆重男轻女，因为我是女儿的孩子，她也不稀罕，小表妹吃着饼干，外婆也不会给我们吃一块的。快快不乐的我从外婆家出来，正好看见三姐走在回老家的路上，事后我才知道她是去后街的同学家，我急匆匆地赶上去，只有一个念头：我要让三姐带我回家！

　　村后的大地上屹立着一棵神奇的老槐树，浑身挂满了红布条，这都是村民在祈祷它保佑大家。我绕过它的身旁，匆匆踏上了归途。小孩子的脚步轻快，尤其是思乡的孩子。熟悉的河套里，暖风有节奏地吹着，不知名的野花绽放着笑脸，仿佛在欢迎我的归来。

　　转眼间，我就来到老家村外的克音河畔，小脚试一下水深，正踌躇间，河边清淤的乔国梁屯的村民，见我一个小孩，就问我去哪里，我说去安福屯，那朴实的村民用他粗壮的大手搀扶着我过了河。我谢过那位大叔，然后一路狂奔，登上了对岸的河堤，眼前是那熟悉的场景，三面环山，一衣带水，我美丽的家乡！据老辈人说这村子很有灵气，发现过龙的化石，所以才飞出了我大伯这个哈师大中文系的研究生。

　　我的心情像小溪汇入江河般，一路欢唱着，冲下了河堤，正巧村边地里几个姑娘在干农活，她们一阵惊喜，接着要我给她们唱几首歌才放行，归心似箭的我走进了那弥漫着家人气息的小院，我最爱吃的黄李子好像在等待着小主人的归来。奶奶见我来了，非常高兴，踮着小脚给我煮了苞米吊子（秋天煮熟风干的玉米），我吃得正香，爷爷回来了，严肃地问我回来有没有和家人说，我才猛然想起我是偷着跑回家的，三姐到哪里去了？我还以为三姐到爷爷家来了呢。我吓得大气也不敢出，连父亲都怕爷爷，何况我呢？！倒是奶奶帮我解了围，劝爷爷说："孩子想家，一定是她在那里不开心，就让她住一夜吧，明天把她送回去不就得了。"见爷爷消了气，我赶快吃完苞米吊子，抓紧时间去找我朝思暮想的小伙伴们去。果然一出家门，几个人已在等我，她们也怕我爷爷，不敢进来。几个月没见，小伙伴们都长高了，我们像男孩一样摔跤比力气，最终我获胜了。憨厚的乡邻们都夸我长高了，懂事了。第二天自以为见证了力量的我去地里和爷爷一道背甜菜（制绵白糖的原料）回家，将功补过嘛。爷爷也惊叹我小小年纪，就可以背半面袋子甜菜疙瘩。

好景不长，我的快乐老家之行很快就结束了，外婆和二姨姥来接我，我躲在从小疼爱我的二姨姥身后，无奈地听着外婆数落着我，爷爷鉴于我的错误行为也附和着，给外婆赔着不是，我难过地流下了忏悔的眼泪。

因为我这次的鲁莽行为，遭到外婆到处"表扬"，我也在大河两岸出了名。外孙女丢了，被外婆找了回来，可是却无人问起这孩子为什么不辞而别，因为孩子多，又都是女孩，忙于生计的大人也就无从顾及孩子的感受。所以小小的我就暗下决心，我长大了一定要有出息，改变我家在外婆家的地位。

弹指一挥间，我也结婚生女，童年幼稚的愿望竟然全部实现，而爷爷奶奶、外公外婆一一从我生命中离去，我却无能无力，只有记住他们的好了。

/ 张颖异

声音是另一张脸

我性格比较急躁，人又没有什么城府，情绪常常挂在脸上，生活中，有点不愉快的事情，脸就像电影屏幕一般，立刻把内心的不愉快"播放"出来，经过父母的反复提醒以及自己的努力，"表情"这方面做得比较好了，也就是说能控制好面部表情，心里再生气的时候，面部表情不显示出来，脸色好看多了。但是，虽然脸色好看多了，与人交往中，融洽度、和谐度并没有增加多少，这让我很纳闷，不知道问题出在哪个地方。

我有个同事，她家四世同堂，祖父、祖母、公公、婆婆，还有小叔子、弟妹以及各自的孩子，这个四代十口之家住在自建的二层小楼里，在一个锅里吃饭，但是，这一大家人相处得却很好，这是让大家非常羡慕，也是让大家暗暗称奇的地方。

由于家庭成员的生活习惯不同等原因，这样的一大家子能相处得这么好，真是不容易！向我这个同事问起她家的相处之"妙处"，她笑着说，其实，也没有什么难的，除了大家相互关心相互宽容保持笑脸外，最重要的一条就是要注意自己的声音，因为声音是另外一张脸。

声音是另外一张脸！她这个说法真是新奇！见我很迷惑的样子，她笑着解释道："俗话说'听话听音'，所以，这个'音'非常重要，从这个'音'中能听出你的情绪听出你的态度听出你的内心世界，因此，一定要注意'音'的修饰，以免让自家人误会。例如，有时候，老人让你出去跑腿，让你去超市里买些日用品，你说'好！知道啦'如果在'好'与'啦'都用降调，那么，容易让老人误会你'不耐烦'，对方就会自责，觉得麻烦你了。但是，你如果把声音用升调，那么就容易让老人感觉到你很愉快地接受了吩咐。再举个例子，例如，别人给你打电话，但是，这个电话号码不是很熟悉，你就问'你好，你是哪位？''位'如果是升调，那么，对方听到的是礼貌的疑问，如果'位'用在降调，对方听到的就是'质问'了，显然这是不礼貌的。"

听到同事这么说，我恍然大悟：原来自己顾此失彼，没有照顾到自己的另一张脸，自己改进得不彻底，那么，别人对我自然就不会彻底的满意，人际交往中，关系就不会彻底的融洽和谐。

于是，再和别人说话的时候，我就特别注意自己说话的语调，注意调整好自己的这张脸，力求自己的这张脸显得有涵养显得有礼貌。很快，我赢得了大家的好感，人缘好了起来，我本人也没有以前那种人际关系紧张造成的烦恼和焦虑了。

声音是人的另一张脸，把这张脸打扮得"干净漂亮"，你就会觉得生活会更加美好。

水晶心钻石泪

/ 马晓伟

2005年9月3日
在南非约翰内斯堡 戴比尔斯公司突然宣布
驻于金伯利镇的采矿队已全线撤回
该公司长达134年的钻石开采史也彻底画上了句号

2005年9月3日，在南非约翰内斯堡，戴比尔斯公司突然宣布：驻于金伯利镇的采矿队已全线撤回，该公司长达134年的钻石开采史也彻底画上了句号！消息公布的当天，国内股市全线崩盘，甚至连欧美也卷起了一阵风暴。

众所周知，戴比尔斯是全球钻石业的龙头老大。其广告词"钻石恒久远，一颗永流传"，俘虏着每对年轻情侣的心。封矿就等于自断生路——这不但对自身，对整个国家都是一场重大的灾难啊！得知消息后，时任总统姆贝基如坐针毡。旋即，他下令召开高层会议，以探明其中缘由。

政要们纷纷表态，一部分人认为，总裁庞科·盖勒苏一定是打算另谋出路。因为钻石行业存在着这样一条真理：矿井越往下挖，钻石就越小，品质也越低。针对日渐黯淡的前景，洞悉一切的盖勒苏果断地收手了。说不定此时，他正酝酿着什么石破天惊的大动作呢！

还有些高官则认为，这是盖勒苏在为自己的罪孽而忏悔。自从1869年世界首颗钻石在金伯利镇被发现以来，矿井就一直在被掘深。到如今，形成了举世闻名的"金伯利大坑"：井口面积有24个足球场那么大，并深达800余米。一颗颗璀璨夺目的石头背后，是无数条为之赴汤蹈火的生命。可以说，钻石开采史就是一部血腥争夺史。可能年岁渐长的盖勒苏意识到了这点，于是便下令关闭了矿场。

究竟真相是怎样的？大家莫衷一是。而此时，盖勒苏和女儿媞妮却不知所踪。据说是飞往夏威夷度假去了。姆贝基眼瞅着一路下滑的经济局势，心如火燎。两个月后，心虑重重的他累倒了。恰在这时，却有人声称能提供一个重大线索，但前提是保守这个秘密。病榻边，姆贝基召见了这个神秘的人，他就是盖勒苏家的老管家洛班·桑汤。桑汤仔细回忆起封矿前一晚，家里发生的一件事：

夜幕降临时，盖勒苏正批阅着文件。媞妮弹完一首曲子，突然回过头,冷不防地说:"童话里说,上帝的眼泪掉下来,就凝结成了钻石。那他每天都在流泪,一定遭遇了不少痛苦吧?"盖勒苏垂下墨色的眼睛,没有作声。接着,媞妮指着琳琅满目的钻石工艺品,"这些都是他的泪吗?""是的,孩子。"盖勒苏敲了敲烟斗。忽然,他发现女儿的眼角微微闪着钻石的光芒。这位络腮胡子的大亨突然弓下身,吻着女儿的额,"放心吧,宝贝儿!爸爸不会让它再流泪了。"这时,小媞妮打了个哈欠,揉揉眼睛,接着就由女仆领进了卧室。

那晚,盖勒苏房间的灯一直亮到了破晓。当时摆在他眼前的,是一个多么艰难的抉择!"要知道,主人是最疼媞妮小姐的",老管家不无深情地说,"相依为命的这些年里,主人始终都在无微不至地呵护着她……"接着,桑汤还说起了:盖勒苏婚后的第三年,爱妻就因车祸而丧生。深陷悲痛的他却没有再娶,而是和小女儿生活在了一起。他为人低调,此后,一直过着简朴平淡的日子。

姆贝基听后,深受震撼。第二天的非洲人国民大会代表大会上,他做了一份报告,题目是:一颗善良的童心和一个伟大的抉择。

做内心真正喜欢的事情

\ 梁阁亭

1941年7月,他出生在法国巴黎。由于父母都是喜剧演员,无形中遗传给了他演戏的天赋,再加上耳濡目染,使他从小就有一个梦想,那就是成为比父母更出名的演员。1947年,六岁的他在影片《夜之门》中扮演了一个角色。从此,他龙套一跑就是12年,直到1959年,他才凭借《绿色的收获》一片,让观众见识到自己的大名。

1966年,由于主演电影《男人的一半》,二十五岁的他获得了威尼斯电影节最佳男演员"金狮奖",一举成为欧洲最著名的男演员和那个时代全欧洲女性心中的白马王子!作为青春偶像类型的演员,他的外表可谓得天独厚。与阿兰·德龙的帅气逼人不同，年轻的他，除了英俊的容貌之外，更多流露出一种纯朴与柔美，加上一头微微卷曲的金发、一脸天真稚气的笑容，活脱脱就是一个阳光型的法兰西邻家男孩，成为了老少通吃的"杀手级"偶像。此后，他还曾创下过一出剧目连演400余场的佳绩。

丰盈的人生，就有无数种可能；追梦的人，总是有层出不穷的新想法。他开始尝试着自己担任电影制片人，先后参与了《Z》《黑·白·彩》等多部影片的制作，成绩斐然。1970年，二十九岁的他影艺生涯如日中天，他担任制片的电影《Z》的推出，在欧美地区引起了巨大反响。同年，影片获得了奥斯卡金像奖最佳外语片和最佳电影剪辑两项大奖，并被提名最佳影片和最佳导演。而与意大利导演朱塞佩·托纳多雷合作的影片《天堂电影院》，也获得了奥斯卡最佳外语片奖，但是这并非他从影的顶峰，无论是作为一名演员，还是作为一名让人钦佩的全才，新的梦想，又一次像春草一样萌芽：去拍纪录片！

对此，好多朋友不理解，纪录片既不赚钱也不卖座，干吗出力不讨好地去蹚那片"苦海"。甚至，有一个和他相交多年的好莱坞投资人邀请他拍一部剧本已完成的商业片："这是一部商业故事大片，你做导演，估计可以获得奥斯卡最佳导演奖。你想做男主演也行，这部片子可以帮你赚到很多很多钱！"他微笑着，轻轻摇摇头："和大自然濒临灭亡的动物相比，金钱只是一些可有可无、无关紧要的纸片。"

他带着新的梦想，上路了。他先后导演制作了电影史上的经典系列"天·地·人"三部曲，展现虫子们幸福生活的纪录片《微观世界》，赞美人类与自然血脉相连的纪录片《喜马拉雅》和讲述鸟儿飞行梦想的纪录片《迁徙的鸟》，迎来了职业生涯又一阶段的高峰。这三部电影从三个不同的音阶轻声合唱，当它们交汇在一起后，就构成了一曲穿透灵魂的旋律，在人们的脑海中回响着一首天籁的歌谣。

他没有就此止步，又将视角投向了海洋这个新领域。制作电影《海洋》耗时五年，耗资5000万欧元，动用了12个摄制组、70艘船，在全世界50个拍摄点进行蹲点拍摄，有超过100个物种被拍摄。影片除了使用了最先进的拍摄手法用于向观众展示最真实、最美丽的海洋之外，创作团队还发明和改制了很多器材，在技术上下足了功夫，用以追求一种全新的视角——"用一种从来没有过的眼光去看待海洋生物，并和它们一起看这个世界。"

2011年8月12日，70岁的他带领自己的新纪录片《海洋》登陆中国，在中国刮起了一股蓝色海洋旋风。他就是雅克·贝汉，英俊的爱人天使、一举成名的制片人、冷酷历史的见证人、大自然和动物的热爱者、摄影机械设计家、新自然奇观片的创始人……如此多的身份可以聚于一人之身，雅克·贝汉绝对是世界电影界的一个奇迹。

由于被雅克·贝汉不惜用自己全部财产拍摄《海洋》的精神感动，中国著名导演姜文免费为电影全片担任了中文配音。为拍电影几次出现昏厥、曾走到破产边缘的雅克·贝汉，直言对自己的选择从来不会后悔，他不会为了市场选择电影，只愿意表达内心想表达的真实情感："个人的疲劳、病痛都是自己分内的事。我很快乐，因为自己在做内心真正喜欢的事情，并将自己想做的做到了极致。我一点也不关心票房，我更在意的是，陪伴着鸟在天空飞翔，和鱼儿一起生活的那种感受，那种对大自然的表达和生命的奇迹。"

多大才算大

/ 许道军

在记忆中
故乡的河流一直宽阔浩荡
也曾经在一本宣传故乡的连环画上
看到百年前的河道上竟漂流着乌篷船

在记忆中，故乡的河流一直宽阔浩荡。也曾经在一本宣传故乡的连环画上，看到百年前的河道上竟漂流着乌篷船。我宁愿相信这是事实，相信故乡河流的浩大，实际上，我也曾经在故乡的河流中两次溺水。我自然记得是谁把我救了起来。但我认为在水乡中溺水被人救起，是正常的事情，不值得特别感激，而我也曾救人两次。印象最深刻的那一次，我拖着伙伴在水面挣扎，感觉河岸那么遥远，河滩那么迷离，仿佛它们远在天边。

我刚才说的那个地方，是一座拦水坝，坝下是绵延十几里的稻田。水坝由巨石层层垒砌而成，自下游仰视，如同巍峨幽城。水坝拦着一川的水流，形成绵延的水库。每到雨季，库尾自然绵延，顺河而上，一路青山倒影，绿树红花，故乡一时竟如水乡泽国，灵动飘逸。三十多年前，这样的水坝有几座。那干净而充裕的水流，给童年带来了无穷的欢乐与遐想。

十五岁后，开始陆陆续续地离乡与还乡，坐在乡村公路的班车上，每每看到路边的河流，感慨万千：河流是一年一年的干涸了，河床也不断收缩，再也想象不出儿时的浩渺模样，更想象不出我们曾在这么褊狭的河流里浮沉嬉戏。在摇头之余，心说，地球是变暖了，大地变干涸了，故乡的河流变小没有什么好奇怪的。

1994年冬季，与朋友游玩郑州黄河花园口。黄河曾经在这里决口，引起无边无际的灾难。这里水势平缓，沙滩宽阔，河面宽广，对面不辨牛马。我来自大别山，坐井观天，平日见到的是那些易涨易退的山溪，何曾见到这样浩大的河流，刹那间被震惊得目瞪口呆。1996年春天又与朋友骑车去邙山，在邙山脚下看到了更加舒展的黄河。黄昏中，黄河犹如大海。是的，我以为大海不过如此，我以从未见过的大海的宽广来形容黄河。2000年的秋季，我到了兰州，第一次横跨黄河。在车上，看到滚滚黄河东流去，心胸依旧澎湃。2003年我们去了巢湖，在一千一百平方公里的湖边生活了七年。与我来说，这又是一次进步，因为我看到了真正的"湖"，而不是修辞上的"湖"——那只不过是水库。2004年春季，我在芜湖看到了长江，实现了儿时的梦想，黄河、长江不再是想象。然而，直到2011年我才看到大海。大海是水的集约数，至上的喻体和最高境界，但是到了这时，我再也激动不起来了。因为知识与经验都告诉我，比海更大的，是洋；比洋更大的是天空；比天空更大的是宇宙；即使是宇宙，仍旧有比它更大的东西，这个东西叫"大"，它是一个无穷增值的概念。与我心中不断增大的"大"相比，大海不够大，世界还不够大，因为我的心已经被外面的世界不断地增大了，而且，仿佛没有尽头，不知道多大，才算大。

其实，我也知道，故乡的河流并没有真正变小，三十年不足以改变那么多东西。如果说有改变的话，是我们的视野变大了，"大"的概念更大了，因此故乡才变小了。许洼如何，新县如何，大别山又如何？还可以再往前说，地球都成村了，什么都变小了啊。

这样就对吗？真的就可以这样俯视故乡么？除了心中那个对"大"的渴望变大，自己真的变"大"了么？没有。还是那么渺小。大，是别人的，我们不能把别人的大，当作自己的大，然后去蔑视他人的小。增值与膨胀的是你心中的概念，你仍旧那么大。你以别人的大，去藐视别人的小，自己却并没有真正变大，除了你的心变得越来越大之外，一切没有变化。如果有变化，是你自己已经不知道大和小了。

等自己知道自己到底有多大的时候，故乡才会重新成为自己的故乡，自己也方可真正成为自己。

看见自己绚丽的影子

/ 李良旭

美国著名艺术家吉普森用彩虹和影子这两个元素
进行了一种全新的绘画尝试
吉普森惊奇地发现
利用这种绘画手法
取得了一种令人意想不到的艺术效果

美国著名艺术家吉普森用彩虹和影子这两个元素，进行了一种全新的绘画尝试。吉普森惊奇地发现，利用这种绘画手法，取得了一种令人意想不到的艺术效果。它使原来阴暗、单调的影子，绽放出迷人、妖娆的光晕和色泽。从这些影子上，他仿佛看到了一种生命的美丽和燃烧。

吉普森在街头为一名建筑工人绘画。这名建筑工人正站在高高的脚手架上粉刷墙体，他的身上沾满涂料和泥浆。吉普森用彩虹绘画出这名建筑工人的影子。画作完成后，他发现，这名建筑工人的影子洒满金色的阳光，像披上了一道金色的羽毛，熠熠生辉。

这名建筑工人看到吉普森为他画的影子，感动得热泪盈眶。他说，我曾经为自己的人生自卑、叹息过，对自己所从事的工作充满了怨言和消极情绪。看到这幅画后，我为自己曾经的那种想法感到自责和汗颜。原来自己身后也有一个绚丽的影子，这绚丽的影子，一直在伴随着自己，这真的是一种神奇和温暖。

吉普森在街头为一名清洁工人绘画。这名清洁工正拿着一把扫帚在清扫路面。吉普森用彩虹绘画出这名清洁工人的影子。画作完成后，他发现，这位清洁工的身后映衬着一个绚丽的影子。这道影子，曼妙、婆娑，就像一只展翅飞翔的大鹏，翱翔在蓝天，闪耀着璀璨的光芒。

这名清洁工人看到吉普森为他画的影子，目光久久地停留在这幅画上。那一刻，他眼睛里噙满了泪水。他哽咽地说道，原来我也有一个绚丽的影子，我为自己的人生感到自豪和骄傲。

吉普森在街头为一名交通警察绘画。这名正在指挥交通的警察，不停地上下左右挥舞着手臂。吉普森用彩虹绘画出这名警察的影子。画作完成后，他发现，这名警察身后颀长的影子，就像是一朵盛开的郁金香，袅袅婷婷，婀娜多姿。

这名警察看到吉普森为他画的影子，惊讶得目瞪口呆。他轻轻地亲吻着画上自己的影子，喃喃地说道，真是太神奇啦！自己原来也有这样一个绚丽的影子，我为自己曾经顾影自怜，感到悲哀。

吉普森为一名在课堂上的老师绘画。这名正在给小学生上课的老师，是一个美丽的姑娘，姑娘的眉黛浅处却有一种隐隐的忧愁。吉普森用彩虹绘画出这名小学教师的影子，她身后的影子像盛开的向日葵，昂首挺胸，散发出金黄色的光芒。

这名女教师看到吉普森为她画的影子，眼睛里顿时泅上了一片晶莹。她有些羞涩地说道，原来自己也有一个美丽的影子，看到这美丽的影子，给了她一种信心和力量，她不会再对生活抱怨什么，这金黄色的影子会一直激励自己努力地生活下去。

……

吉普森在他出版《彩虹和影子》的画作发行仪式上，对参观者说了这样一句话，给人们留下了深刻的印象。他说道，其实，我们每一个人身后都有一个绚丽的影子。永远不要看轻自己、怠慢自己，在你的身后，一直有一个绚丽的影子，它散发出金色的光芒，照耀着自己的人生。时常看到自己身后那个绚丽的影子，不仅是人生的一种智慧和聪明，更是一种人生的勇气和力量。

生活的玩笑

/吕 麦

西天的夕阳
渐渐隐没到后山
让人感受到初冬黄昏的寒凉
我彷徨在人行道的树荫下

西天的夕阳，渐渐隐没到后山，让人感受到初冬黄昏的寒凉。

我彷徨在人行道的树荫下。瑟瑟的北风，催促着簌簌落叶，却又不知道把它们赶向何方。我就是其中无助的一片吧。唉，不惑之年，遭遇下岗，身无特长，儿子待养，今后的日子怎么过？

心里，压着一块磐石，眼里，涌上一层雾气。我赶紧咬牙，双手揣兜，抬头看天，故作闲庭信步的潇洒。

"哐当！""啊哟……"我弯腰，双手揉着膝，痛得大叫。刚刚竭力遏止的泪，如奔泻的水，汩汩而下。"大珠小珠落玉盘"跌碎在花岗岩路面上。忧伤携带着绝望，我一屁股坐在路牙上，双臂抱着脑袋，无声地抽泣起来。

"咣咣咣——咣咣咣——""姑娘……姑娘……""咣咣咣——""姑娘……"声音持续了很久。直到我擦干眼泪，抬头，才看到，右边铁栅栏旁，倚着一个脸色绯红，头发灰白的老太太。她一手紧攀栅栏，一手急促地拍打其中的一根。

我愕然地望着她。她咧开嘴，眯起眼睛，努力地给我一个微笑。含糊不清，一字一顿地说："姑娘，是我的车子把你撞痛了。不好意思。"

我这才看清，刚才磕我的是一辆红色三轮电瓶车。于是友善地摇摇手，告诉她是我自己没看路。她又朝我一笑，点点头。继而，身体紧贴、双手紧攀着栅栏，如负泰山般艰难地挪动一条腿，再一条腿。脸色由绯红涨成紫红，大颗大颗的汗珠滚进脖子里。

这是一个严重中风的老人。我瞅瞅她前后，除了我，没有别人。于是猜想，她一定是独自驾着三轮车过来，开始这辛苦的锻炼的吧。"老太太，你好棒！加油！加油！"顷刻间，我被她的坚强折服、深深的感动，情不自禁地举起右拳，为她喝彩。

过了好久，老太太挪到我就近的栅栏边，大口大口地喘气，平息了一会儿，磕磕巴巴地说："姑娘……谢谢你鼓励。我相信，只要天天坚持，我会好起来的。原先，我的双腿都不能动呐。你看，现在已经能挪了哎。"说完，竟呵呵地笑出声来，惹得栖在墙角的落叶，仿佛也笑了起来，蝴蝶儿一般，扑啦啦旋起了华尔兹。

　　"嗯嗯嗯。"我心里莫名其妙地荡漾起一股暖流，一个劲地朝老太太点头。老太太又眯缝起眼睛，说："姑娘，你笑起来，眼睛好亮哦。"哦？我笑了么？是的，我笑了。因为，眼睛是心灵的窗户，只有心粲然明媚了，眼眸才会明亮。

　　一个中风老太太，尚且如此坚强，我一个四肢健全，身体健康的"姑娘"，没了工作又何妨？只要有一双手，只要肯努力，就会创造出新的财富和梦想。法布尔说："好运气要先开一连串的玩笑捉弄人，过后那些坚定不移的人是会享受其青睐的。"

　　生活，常常像舞台上的小丑魔法师，会猝不及防地制造一些玩笑。我们何不开心应对？心头磐石，轰然落地。西下的斜阳，孕育的，正是明天的朝阳。

守望一棵树

／安艳莹

小区的一棵桃树下
经常坐着一个孤单的老太太
深情地凝望着那棵桃树
犹如一片苍老的叶子

小区的一棵桃树下，经常坐着一个孤单的老太太，深情地凝望着那棵桃树，犹如一片苍老的叶子。

这个老太太，是我住了十年的邻居。搬进新居时，邻居对她的印象还行，一副贤惠的样子。她每天在家操持家务，早起打扫公共楼道。在小区花坛里种花，还栽下了一棵桃树。在河堤上开垦了一块荒地，种上了菜畦。每当经过河边，都能看到她忙碌的身影。

后来渐渐传出她与老伴高声大嗓的吵架声，我才知道老太太的来历：她来自农村，已经死了两任丈夫，现在的老伴也是丧偶的，经人介绍他们走到一起，年龄相差二十岁，相当于老头的大女儿。为了娶她，老头得罪了所有儿女，他们都断绝了来往。

老头很宠爱妻子，房子新买的，所有结婚用品都是新置办的，时尚的床上用品，高档的首饰，跟年轻人比起来，一点都不逊色。老太太换样戴着首饰，连对门的阿姨都羡慕她，过了一辈子的原配夫妻，也不如他们体面。老头七十岁了，拿着离休干部工资，还在做生意，好像老太太的摇钱树。

随着老头业务的增多，冷落了老太太，为此惹得老太太心生不满。开始是小吵，后来大吵，一栋楼的邻居，都在老太太嗲声嗲气的哭诉中，听出了原委：老头有个女客户，最近总是打电话给老头，老太太吃醋了。老头认为老太太无事生非，也不给她解释，老头冰冷的态度激怒了老太太。醋坛子打翻了，越发不可收拾。老头总算开了口："你凭良心说，我都七十多岁的人了，你送我一个黄花大闺女，又能怎样？"后来经过老头的耐心解释，加上邻居们的劝慰，总算平息了老太太心中的怒火和醋意。

俗话说：半路夫妻鬼捣鬼，何况是晚年夫妻。经过这番折腾，邻居们对老太太的印象变差了，老太太才不管邻居们的冷眼，经常跟老头争吵。老头为了回避老太太的无理取闹，就拿着收音机来到桃树下面听歌。开得粉嫩的桃花，越发衬得他的脸色灰暗。那首《最炫民族风》不知听了多少遍，声音有时开得很大，直到消气才回家。

那棵桃树长势喜人，郁郁葱葱。而老头这棵老树却弯下了腰。一天老太太拿着几个桃子，看到我悲伤地说："老头子病了，想吃桃子。他得了癌症，没几天活头啦。"我的心里一沉。在邻居的担心中，一个傍晚，在老太太凄厉的哭声中，老头走了，葬礼办得很隆重。很长时间没见老太太，大家猜测她是改嫁了还是卖掉了房产。但不久以后，老太太重新出现了，明显的消瘦憔悴。她整天不在家里待着，就坐在桃树下，拿着收音机，听着流行歌曲。邻居说："唉，这么快就把老头忘记啦，真够绝情的。"

在小区停车位的不远处，就是老太太栽种的桃树。它孤零零地立在那里，满眼翠绿的枝头，挂满了鲜红诱人的桃子。老太太坐在桃树下面，痴痴地望着桃树发呆。我停好车子过来，正准备快步经过，老太太叫住了我："看，我家桃子结得多好，桃树三年才结果，老头子却等不到了，老头子最爱吃桃子。"说完眼圈红了，眼泪不由自主地流了下来。

过了一辈子的夫妻，也不见得知道爱人喜欢吃什么。老头最爱吃桃子这句话击中了我，融化了我心中对她的所有误解。那棵桃树俨然成为她的老伴，难怪她每天都在守护着那棵桃树。或许因为以前生活的坎坷经历，磨灭了她善良温柔的本性。爱是自私的，很多时候，我们眼睛看到的，并不一定是真相。

这天下没有不吵架的夫妻，何况他们晚年才结合。两个人的性格习惯不一样，注定要碰撞要磨合。而作为邻居的我们是不是不够宽容呢？

鱼的记忆只有七秒

／张颖异

陈静是我们公司的行政助理
同时 也是我们公司的受气包
因为她总是承受着很多人的责难

陈静是我们公司的行政助理，同时，也是我们公司的受气包，因为她总是承受着很多人的责难。

公司在外面的销售员经常哭穷，说自己带的差旅费超支了，需要公司汇寄。程序一般是行政助理陈静签字借钱，销售员回来后，要以等额的发票顶替借款，或者是用发票以及没有花完的钱一同顶替。但是，只要是借出去的钱就是肉包子打狗有去无回，肯定不可能还有剩余，都变成发票了。

后来，老总为了遏制销售员占公司便宜的恶习，就让陈静不给销售员借钱，或者根据情况拖延着不借，销售员看借钱艰难，就知难而退了，如果真有少数知难而上不怕折腾的，那就给他借。老总其实就是拿陈静当挡箭牌给公司节省开支。

当出差在外的销售员再打来电话要求借钱的时候，陈静就以种种托辞不给借钱，出差在外的销售员气急败坏地给老总打电话，老总一般打着哈哈说："我不知道这个事情啊，我没有说不借啊，你再和陈静商量一下……"皮球又踢过来了，陈静只得硬着头皮继续周旋。

陈静知道自己是老总的挡箭牌，但是，没有办法，自己干的就是得罪人的活。于是，陈静尽力地给老总节省开支，因此，她也得罪了那些创造出骄人销售业绩的牛气哄哄的销售员。

销售员回来后，一个个像是怒气冲冲的猴子，在陈静面前又是蹦又是跳的发脾气。有些脑子发热的销售员说的话有些刻薄，陈静气得也和对方大吵。

因为工作性质的关系，陈静几乎和单位的每个人都吵过架，没有办法，她干的就是给老板挡驾的活。

按道理说，陈静几乎和每个人都吵过架，在单位的人缘应该非常差才是。但是，事实上，她的人缘居然相当的好，年终大家投票选举优秀员工，一百多人选三人，居然就能选上陈静。

　　对于这点，我还真有点不理解，有天中午，我就悄悄地向陈静学习为人处世之道，陈静笑了，她指了指自己办公桌前的金鱼缸的金鱼，说道："金鱼长期生活在这么狭小的空间里，它们为什么还游来游去的怡然自乐？就是因为它们碰壁后，立刻又游往其他方向，碰壁以后的挫折很快就会遗忘，因为鱼的记忆只有七秒。每天我看到这些怡然自乐的金鱼的时候，我就在心里暗暗对自己说：鱼的记忆只有七秒，它会很快忘记自己的一次次'碰壁'，所以，经常碰壁的它们依然过得很快乐，我向它们学习。于是，尽管和很多人吵过架，但是，我都会很快地主动找对方说话，主动给予对方一些力所能及的帮助，大家见我这么'健忘'这么不计较，于是也就不好意思和我计较了，另外，大家心知肚明，也知道我作为老总挡箭牌的难处，于是，很快也就和我冰释前嫌了……"

　　为什么我们平时生活得那么痛苦那么压抑？就是因为我们的记忆力太好了，总是牢牢记住生活中的种种碰壁和不如意，其实，我们应该向金鱼学习，如果我们记忆力"不好"，如果我们能主动地忘记那些不愉快的事情，那么，我们在生活中，也会非常幸福非常快乐。

你仅仅只有一只胃

马晓伟

每年的6月24日,"股神"巴菲特都要吃上一顿天价午餐。此顿午餐的报价为数百万美元!这一涨爆眼球的盛事,理所当然地会被众媒体争相报道。而在餐会结束的一个月后,将会评出一篇最佳报道。届时,巴菲特本人将亲自为获胜者颁奖。

举世瞩目的时刻终于到来了。这天,"史密斯与沃伦斯基"牛排馆被围了个水泄不通。全球记者蜂拥云集,都扛着"长枪短炮",严阵以待。不一会儿,传说中的"股神"来了。私人直升机平稳降落下来,巴菲特在保镖的保护下,大步地走入了餐厅。

菜肴一一呈上来了,果真是一场美味绝伦的盛宴:天上飞的,土里钻的，树上跳的，地上跑的……可谓应有尽有。三个小时后，巴菲特吃得已是大汗淋漓。他起身离席，餐会宣布结束。接下来，关于天价午餐的新闻满天飞。但都写得千篇一律，无非是渲染餐厅是多么的美轮美奂，菜品是怎样的烹龙炮凤，用餐主人是如何的奢侈华贵……

可想而知，它们都落选了。脱颖而出的却是篇不足两百字的小报道。作者名叫艾格伊，供职于曼哈顿市的一家地方小报。他只字未提巴菲特，而是把话筒对准了一名流浪汉。评奖结果公布后，这引起了一片很大的呼声。有人说它离题千里，有人说评审暗藏猫腻，甚至还有人说老巴在放他们鸽子。而对于外界的争议，巴菲特毫不理会。相反，他对艾格伊则是大加赞赏。艾格伊的报道难道藏着什么玄机？为了求个明白，人们不得不将之一读再读：

"史密斯与沃伦斯基"牛排馆被围了个水泄不通，我实在挤不进去了。正准备打退堂鼓，忽然看到一名流浪汉，他衣衫褴褛，却怡然自得。此时，他正在餐馆外的垃圾桶里翻捡食物。突然他一阵狂欢，显然，他发现"战利品"了！大快朵颐之后，他抚着鼓囊囊的肚子，打着饱嗝，自言自语地嘟囔着："过期的三明治和沙拉酱，也照样能把肚子填饱。"

巴菲特说，是文章的最后一句话打动了他。接下来，他把一只纯金奖杯颁给了艾格伊。回家途中，艾格伊发现奖杯底下有这么一些字：对于一个人来说，生理需求是非常容易满足的。而永远都填不满的，则是无边的贪欲。其实，人生在世，所需无多。因为，你所拥有的仅仅只有一只胃。

/ 马晓伟

墓碑上的密码

1931年9月，美国举行了一场声势浩大的全民马拉松。地点设在加利福尼亚州和内华达州交界处的死亡谷。喀纳斯·安迪一马当先，一举夺魁。作为一名业余长跑爱好者，喀纳斯曾数度受到州政府的嘉奖。这一年，他已八十高龄。

蟾宫折桂的第二天，喀纳斯就向下一个目标发起了冲锋——徒步环球。三个月后，他进入了北极圈。傍晚，他正坐在冰窟里，边喝芝华士威士忌，边享受着美妙的极地风光。忽然，从无线电设备里传出一段慷慨激昂的讲演。原来，马耳他著名登山家迈威恩，成功攀上了科迪勒拉山。这是人类迄今所能到达的最高海拔。此时，他正站在山顶，对所有地球人发表着成功感言。不过他也承认,有生之年,自己恐怕再无法超越这个高度了。因为,在自然面前,人总是微乎其微的。况且,自己年事已高,怕是折腾不起了。

听到这,喀纳斯沉默片刻后,当即用卫星给经纪公司发了一份电报。第二天,原文出现在了《纽约时报》的头版头条:迈威恩简直是在误人子弟!因为,据我这些年来的经验,任何一项极限运动,无非都是在考验一个人的体力和耐力而已。山高人为峰,人的潜力无限,必将超越一个又一个看似遥不可及的神话。

言论一出,当即引发了一场激烈的争论。美国和东欧的主流媒体,对立为两派。你一言我一语,针尖对锋芒。论战一直持续到七个月后。那时,喀纳斯成功返回了华盛顿。他用事实向世人证明了自己的信念。不久后,他寿终正寝。孤零零的墓穴上,矗立着一块水泥板,上面烙着自己的左脚印。

一年后,迈威恩成功登顶珠穆朗玛峰。那刻,地球上所有制高点都趴在了他的脚下。当时他因强烈的高山反应,导致了心率衰竭。弥留之际,他让弟子在一块花岗岩上,刻上自己的身高:1.78,并告诉他们,这用作自己的墓碑。

喀纳斯和迈威恩的坟地遥遥相望,距离2.6万公里。似乎于冥冥之中,向世人昭示着什么。恰巧都在北纬30度上,这又给此笼上了一层迷雾。对于密码似的墓志铭,一直以来,人们都试图去解读着,但没哪一种说法能让人觉得信服。

半个世纪后,苏联一个密码学家得知后,大为惊诧。他声称破译了墓碑上的"天书"。这句话后来出现在他的墓碑上:在这世上,没有比人更高的山,也没有比脚还长的路。

/ 牧徐徐

控好脾气再控球

九岁时,他在父亲的带领下,第一次挥拍起了网球拍,此后便一发而不可收拾。

他在打网球上所展现出的天赋出乎人们的想象,只用了一年半的时间便打败了家乡所有网球高手。十二岁时便获得了欧洲网球赛少年组冠军。

十三岁时,他击败了许多优秀的成年球手,并且能与世界级的职业球手进行持久的对抗,他的名气开始越来越大。然而与此一同来的还有他火爆的"坏脾气"——当裁判判错了,他就会勃然大怒,对其破口大骂,脏话狠话不绝于耳;一次不该有的失误,也会使他情绪瞬间失控,发疯地扔球拍,用它猛击网柱……就连教练也拿他没办法。

有一天,他忙忙碌碌的商人父亲,特意来到一个大型的锦标赛上观看他的比赛。结果,在比赛中,他的坏脾气再次上来了——先是在场上又是吼，又是嚷，对裁判骂骂咧咧，期间还有一次把球拍直接扔了。

看到这番情形，父亲默默地忍受着，等到比赛中间的一个休息空隙，父亲才走进球场，然后对着观众们说道："我儿子弃权，比赛到此结束！"然后在一片嘘声中将儿子强行拉走。

回到家中后，父亲便把他的球拍锁了起来，"六个月后，你才能重新握起它，这段时间只练习控制情绪！"

他目瞪口呆，网球就是他的生命，要等六个月后才能摸它，这个等待的时间太漫长了。但父亲不管，即便教练多次劝他不要这样做。

六个月后，父亲把球拍重新交到了他手中："如果我再听到你一句脏话，再看到你乱发脾气，我就永远拿走它！"

重新握拍让他兴奋不已，六个月的停赛也让他彻底反省了过来，重返赛场上的他开始变得温文尔雅，风度翩翩，即便在重大比赛中，面对裁判的误判，也能坦然接受，不急不躁——他完全控制住了自己的情绪。

十六岁时他便夺得全欧洲职业网球锦标赛冠军，媒体开始称他为"少年天才"，二十二岁时他便登上了世界网坛第一的宝座，取代了经久不衰的费德勒！

截止到2013年，他一共获得过八次法网冠军，两次温网冠军，一次澳网冠军和两次美网冠军，并获得过2008年奥运会单打冠军。他是现役男运动员中唯一的金满贯得主，并且是"体育界的奥斯卡奖"——劳伦斯奖最佳男运动员获得者。

不错，他就是出生于1986年的西班牙天才网球手拉菲尔·纳达尔！

"在父亲禁止我打球的日子里，我学会了控制自己的情绪，哪怕是在最紧张和最不公平的时刻，这让我在后来的任何一场比赛中都能稳住阵脚，临危不乱。我要感谢父亲，是他成就了我！"谈及当年的那段往事时，纳达尔如此感慨地说道。

控好脾气再控球，打球如此，人生中的诸事大都也如此。

马鼻子下，湖泊含盐

/ 徐 畅

暮色困顿
牛头骨悬挂在高耸的门楼顶
高傲的牛角像一把铁叉截进天空
黑马河乡到了
我在湖边的帐篷旅馆住下

暮色困顿，牛头骨悬挂在高耸的门楼顶，高傲的牛角像一把铁叉戳进天空，黑马河乡到了，我在湖边的帐篷旅馆住下。

深夜，帐篷外有黑影晃动，还能听到清晰的蹄音。来西宁的火车上，我听说青海湖西岸有郊狼出没，黑马河乡正处湖的西南角，况且旅馆的帐篷都是分散在湖边，没有任何特殊的保护。我壮着胆子打开手电，黑影窜到帐篷后面，我全身打着寒战，仿佛被人扒光衣服塞进了冰箱。我推开帐篷的挂帘悄悄摸到帐篷后面，一只离群的小羊"咩咩"地哼叫着从我脚旁溜走了。我走进帐篷，从背包里掏出白天买的散装青稞酒，连喝了三分之一，神情镇定下来，身体也回暖了。

凌晨五点，我赤脚站在湖水里，湖面伸长小舌头舔舐岸边堆垒起的巨型鹅卵石，卵石罅隙里夹着数以万计的纸风马。可以想见盛大的祭海日，藏民们把煮熟的牛羊扔进湖中祭祀，对着青海湖跪拜、祈福、撒下漫天飞扬的纸风马。黑暗中，青海湖是安静的。就像提前梳妆打扮好的姑娘等待你走过她的窗前。能看到湖面羊群般起伏的波浪时，太阳像捕获人类的猎手窥视着一切。阳光推着水浪滚爬。太阳夹在天空和湖面之间，像街边四块钱黄澄澄的鸡蛋灌饼。

老板扎西准备的早饭是一小碗叫糌粑的面团。说是一小碗，其实有如茶托大小，一碗十块。扎西说这是青稞麦炒熟磨成面拌上酥油茶，所以价格高一些。扎西今年才十七岁，没有读完初中就帮哥哥们经营家里的旅馆。小的时候，他每天去山上放羊，只要带一块糌粑就足够吃上一天。他又端来羊肉，我想起三个月前在毛乌素沙漠吃的手抓羊肉，扎西搓一把黝黑的脸说，羊是昨晚刚杀的，肉的颜色还很鲜艳。我当着他的面抓起羊肋骨撕咬上面的肉，肉质鲜嫩、有嚼劲。

临行时，扎西紧紧拥抱了我，并告诉我沿湖边徒步，晚上就能到达鸟岛，鸟岛每天都有去西宁方向的班车。

我沿湖走着，两只棕头鸥俯冲下来，在水面打着滚，又拍打着对方高飞起来。湖岸边三三两两地散落着黑牦牛，它们呆望着湖面，时而转身轻蔑地看我。它们硕大的眼眸里能倒映出我的身影。行走了半小时，远处一只毛茸茸的生物闪着金光，我小心翼翼地爬上土坡，原来是一只狐狸，它全身金黄色，只有腹部是泛白的，它立起前爪，像在祈求似的望着我。阳光滤过疏松的毛发反射出光芒。我是多么幸运，竟能遇上这样神奇的动物。我猜想，蒲松龄当年是不是因为看到狐狸的美丽，才把它们想象成妖艳的美女，然后总是遇上像他一样落魄的书生。金狐狸与我对视了半分钟，没有变成美女，而是跳进草丛消失了。

走到狐狸所在的谷地，脚下不时有地鼠穿梭，地面上长了上百个洞眼，洞眼只有拳头大小，洞口还有新鲜的粪便。我瞄准一只棕皮地鼠猛扑过去，它一头窜进洞里，我举起木棍在洞口等着，它从一米外的洞口探出头，嘲笑似的瞅我一眼，跳进隔壁的洞口。我失败了很多次才明白，这上百个洞眼里面住了不到十只地鼠，这些洞是它们的家，也是它们的游乐场。小时候玩的打地鼠游戏是不是搁这儿来的？

我玩累了躺在湖边休息，阳光晃眼，绿色的青山围裹着袅袅烟云，翠绿浸染了云雾，云边也成了绿色。湖水的腥味带来阵阵潮气。天空低压在头顶，仿佛伸手就能揪下一块云彩塞进嘴里，云彩是什么味道呢？

我的头颅播种在草丛里，手指碰触着柔软、湿润的土壤。我成为它们的一部分。毕业的烦恼、考研的压力像呼气一般消散殆尽。我想起三年前和表弟在坟地里吃西瓜，也是在河边，也有铺面的水腥气、湿气。对岸的工人在往货船上抬沙子，我们并不害怕。表弟问我屁股下面的土堆里埋着什么。

"死人。"我说。

"他们都死了吗？"他问。

"都死了，每个人都会死。"

"每个人都会死？那我们为什么要活着呢？"他问。

我望着五岁的表弟不知如何回答。我们为什么活着呢？活着的意义是什么？几年后，我读完克里希那穆提的哲学作品后，我发现人生的意义是活在当下，现在你在写游记，此刻你就活在写游记中，五分钟后的遛狗就没有现时意义；接触了泰戈尔的泛神论思想，我热爱起世界上一切美好的东西，没有这些美好，生命也没有了意义；读完拜伦的诗集，我应该像一群海盗那样及时行乐、不忧前程；读完叔本华苦闷的哲思后，我觉得人不应该活着；读完凯鲁亚克的小说，我惊恐地发现人类是疯狂、不可理喻的……

我愈发觉得生命的意义在于它的无意义，正是因为它的无意义才能填充其他的意义。我人生的"其他意义"就是在河边盖一个小木屋，饲养各种动物，过着风轻云淡的生活，这也是我来青海湖的主要原因。但我也非常清醒，最先来拆我小木屋的不会是国家土地管理局的人，而是我的女朋友。

我没有在河边盖小木屋还因为我没有强烈的决心。一次喝醉酒时，我把这个想法告诉我喝醉的朋友。他睁着惺忪的醉眼说："我只能给你一个方法：如果多少年后，五年、十年或者二十年，你经历了很多事情、体验了人生的悲喜、走过了许多地方，那个时候，你还有这个想法，那你就应该义无反顾地去做。别的什么都不要管，人只能活那么一回。"

我吃点切片面包准备继续上路，朋友的话还在耳膜颤动。环湖公路上传来拖拉机的轰鸣声，我快速跑到路边竖起拇指，司机不知道这是搭车的手势还以为是打劫的，他猛踩油门逃命奔走。不久，身后又传来鸣笛声，我头也不回地伸出拇指，一阵紧急的刹车声，一辆挂戴白花的黑色灵车停在我旁边，司机推开门说："小哥，我载你一程，后面有座位。"我踮脚仰望后面阴森的空位。他明白了我的心思，说："刚干完活。"我蹑手蹑脚地爬上车，行驶了十公里，车顶"哗哗"作响，像撒上一大把螺丝钉。车靠近鸟岛时雨愈发肆无忌惮，雨点摔打车顶，像谁抡起铁棍一阵乱捶。好心的司机把我送到鸟岛宾馆门口，我连连鞠躬感谢。

　　住进旅馆是下午三点，天阴沉得像傍晚。窗口正对着鸟岛，岛上上千只鸟无精打采地躲进窝棚里，风送来鸟粪的闷臭味，白雨混着风闹腾着。你从不知道雨是从何时何地开始下起，当你听到有人说"下雨了"，雨早已落下，我们只能在过程中等待着。等待着雨落在曾经落过的地方。我看着窗外发起呆。隔壁房间传来一阵"吱呀"的床板声，打断我的胡思乱想。就好比，你正看着心爱的电视剧却被人调了台，但是等到深夜快要熟睡时，我才明白，我的电视不仅被人调了台，而是直接断了电源、扔出了窗户。似乎住进世界上所有的旅店，隔壁都会传出床板节奏均匀的响声。我塞上耳机听Brazzaville乐队的 *Peach Tree*：

The world they knew has drifted away,

like little puffs of smoke,

we are here and then we are gone.

　　我熟睡过去，希望明天醒来，能化作一口喷出的香烟，消逝在阴冷的白雨里。

有对手的人是幸福的

\ 红颜添乱

中学的时候,他的学习成绩不好,一直到高二的时候,他的成绩还在班里倒数"前三名"。他所在的学校是重点中学,所在的班又是这个年级的重点班,之所以进入这个"重中之重"的班级,就是因为他的父亲是个企业家,就是因为父亲给这个学校赞助了五十万元。

他不理会父亲望子成龙的苦心,整天逃课和一些社会青年混在一起,喝酒、抽烟、飙车、追女孩……

在高二的第二学期,有次上英语课的时候,因为他打开手提电脑插着耳机看电影,老师非常恼怒,勒令他离开教室,以后不要再上英语老师的课。"无所谓",他自我感觉很良好地打了个响指,然后合上手提准备离开教室。就在他经过班长身边的时候,听到班长小声但清晰的声音:"真是个人渣,靠着他爹有几个钱!呸!"他的心一震,立刻放缓了脚步,拳头禁不住握了起来,但是,最终他还是冷静了下来,默默地走出了教室。

他觉得拳头解决问题有些低级了,他要靠自己的努力自己的成绩让这个"故作清高"的骄傲班长满脸羞愧!

他自己在走廊里罚站,并且趴在窗台上写了检讨,向英语老师道歉。这一切,英语老师并没有要求他这么做。下课后,当英语老师接到他的检讨后,居然有了一些感动,同意他以后继续留在教室里听英语课。

从此,他就和班长较上了劲,每天用功地学习。每次考试下来,他最为关心的是自己的总成绩和班长总成绩之间的差距缩短了多少。

经过一年的急追猛赶,高考的时候,他居然和班长一同考上了同一所重点大学。区别是班长超越分数线六十多分,他仅仅超过两分。他是看班长报考这所大学,他才赌气报同所学校的。

在大学里,他和高中时候的班长不同专业不同班级。但是,他依然时刻关注班长的动态,班长竞选学生会主席,他也去竞选。班长大二的时候,报考英语六级,他也报考。他就是想让班长看看,条件好的家庭不都是盛产废品。

四年大学,他一直视班长为对手,处处和班长比赛。刚刚进入大四,他就被一家大公司聘用了,这是靠自己的能力进入大公司的,他非常得意,当得知班长还没有找到签约单位,他的心里充满了成就感。

班长是穷人家的有志孩子,知道自己当初嘲笑过的同学现在和自己处处比赛,班长憋足了气迎接当初那个"人渣"的暗中挑战。

大学毕业后的多年,两人虽然不接触,但是却通过其他的相熟的人拐弯抹角地偷偷打听对方的消息，然后继续努力或者重新奋起。

十七岁那年，一个优秀的少年嘲笑一个不学无术的富家子弟。富家子弟被深深地激怒了，然后知耻而奋起……

经过二十三年的努力。当两人都步入中年的时候，这两人分别创业成功，分别成了大公司的老总。需要强调的是，作为富家子弟的他，没有接受父亲的任何投资，他要的就是公平，要的就是个白手起家。

在一次高规格的商业聚会上，多年来互为对手的两个同学彻底解除了青春年少时产生的内心罅隙，笑呵呵地走向对方，四只大手紧紧地握在一起。他们居然异口同声地说了同一句话："有对手的人是幸福的。"

是的，有对手的人是幸福的。朋友可以帮助你进步，但是，对手却能让你成就一番事业。当我们生活中遇到对手阻击的时候，我们应该在心里愉快地对自己说：有对手的人是幸福的。然后采取君子之争的风范，和对手一起在人生跑道上前追后赶……

不与旧伤口纠缠

/ 张颖异

徐佳是我们老邻居的女儿
我们同龄
说起来 徐佳也够不走运的
大学毕业后不久 她与男朋友结婚了

徐佳是我们老邻居的女儿，我们同龄。

说起来，徐佳也够不走运的。大学毕业后不久，她与男朋友结婚了，她在一家国企上班，工作刚刚两年多，工厂破产，她下岗回家。

这边刚丢了工作，那边的婚姻发生了问题：老公已经有了情人，夫妻俩吵闹了多次后，终于离婚，但是，等到财产分割的时候才发现，房产证早被老公拿到银行抵押了，贷款的钱已经被他和情人挥霍一空了。另外，外面还欠着很多外债。

离婚，徐佳分得了女儿以及很多外债。法院判决前夫每月付出的赡养费变成了空文，因为那个不负责的男人离开这个城市去外面混生活去了，消失得无影无踪。

俗语说"男怕干错行，女怕嫁错郎"，徐佳何止是嫁错郎，她简直是嫁给了一只白眼狼！

那年，徐佳二十五岁，成了一个没工作但又欠很多债务的单亲妈妈。

没多久，因为拆迁旧房，我们都搬离原处，她投奔城北的亲戚家，我们家搬到了城南的新买的房子，隔着整整一个市区，空间距离远了，再加上我一直在外地工作，过春节的时候回老家，主要是陪我父母，于是，与徐佳联系就少了。

去年春节前，我回老家过年，在市场购买水果的时候，意外地发现了徐佳，如果不是她首先叫我，我还真不敢认她了。她比以前更漂亮了，穿戴也很讲究，她向我介绍说，她在商场租了个展厅，卖服装。

老朋友见面，格外惊喜，于是我们在外面聊天，她开车带我去了一个新小区，她住的是二百多平方米的复式楼房。

通过聊天，我很快知道了她这几年的生活。

离婚后，她把孩子交给父母照管，自己去南方一家工厂打工，干了大半年，挣了些钱，于是就回到我们这个城市开了家水果店，因为经营得当，挣了几万块钱，然后把水果店雇人守着，她接下了一家服装店。别人手中不挣钱的买卖，在她手中就挣钱了。

后来，徐佳干脆在商场里租了个柜台："反正放一只羊也是放，放两只也是放，我干脆在商场租了柜台卖衣服，也是雇人。专门卖职业装以及相亲装。大城市的工作压力大，大龄男女比较多，相亲的就多，既然相亲，肯定都想把自己打扮得英俊些、漂亮些。没想到，我这个思路还挺对，生意比较火。于是在另一个商场也设立了专柜，现在是有一个水果摊位，两个服装专柜，一个服装专卖店。算是四小块吧。"她很谦虚地笑着说。

看着这个越活越精神越活越年轻的女人，我感叹道："你真够厉害的，没想到——"我怕伤到她，就不再说什么了。

她笑着说："你看你欲言又止的，不就是想说我这个多年前的弃妇怎么会有今天嘛！没关系的，我不会在意的，其实啊，是他有自知自明，知道配不上我，只得匆忙从婚姻中逃出去！哈哈哈！"

看她这么幽默这么乐观，我也就不担心了。

说笑了一阵后，她脸色慢慢变得凝重起来："我觉得人生最重要的是时间，一辈子掐头去尾的，一共才一万多天，再加上晚上休息，人一辈子的好时光真的很少。一些事情过去就过去了，不去计较，不与旧伤口纠缠，要相信，一切很快就会好起来的。你看，我现在不是好起来了？我又结婚了，老公是咱们这师范大学的一个教授……"

与徐佳分开后，走在回家的路上，我在反复回味着她的话……

珍惜时间，乐观生活，不与伤口纠缠，这是多么理性的智慧人生啊。

花都为你开好了

第三辑

李良旭：从来没有枯死的生命
积雪草：有良知的人有幸福
积雪草：能不能再为你跳一支舞
张颖异：逗自己开心

从来没有枯死的生命

/ 李良旭

智利摄影师克劳迪奥·亚涅斯在海边摄影时
发现了沙滩上有一条干枯的死鱼
死鱼已死了很长时间了
只剩下一些骨架

智利摄影师克劳迪奥·亚涅斯在海边摄影时，发现了沙滩上有一条干枯的死鱼。死鱼已死了很长时间了，只剩下一些骨架。海浪不时冲向它的身边，好像在深清地亲吻它；天空上，海鸥不时在它上面盘旋着，发出悦耳的叫声，好像在和它呢喃。

这一幕，深深地打动了亚涅斯的心。他仿佛看到那条干枯的死鱼又有了一种新的生命，正发出生命的歌唱。经过艺术处理，他拍下了躺在沙滩上那条干枯的死鱼。照片洗出来后，这条枯死的小鱼，转换成沙滩上一朵鲜艳的花朵，娇艳欲滴。这朵鲜艳的花朵，就是从那条干枯的死鱼，延伸出来的一种新的生命。

这张照片在报纸上发表后，引起了读者强烈反响，人们纷纷称赞亚涅斯，觉得他拍摄的这张照片，蕴含着深刻的生活哲理和人文思考，给人带来了强烈的视觉震撼和艺术效果。这张照片，最后还获得了智利最高摄影展——21世纪智利青年摄影奖。

偶尔的成功，给了亚涅斯很大的信心和创作灵感，他仿佛找到了另一条摄影创作之路。就这样，他开始了一种全新的摄影探索和艺术追求。

他看到路边一根枯死的树桩，他在这根树桩前久久徘徊、凝视，目光中，溢满了柔情。这根树桩上布满了尘土和蛛网，在常人的眼里，这根枯死的树桩，没有了生命的迹象。亚涅斯选择角度拍照后，经过艺术处理，这根枯死的树桩转换成了美丽、可爱的小山羊。小山羊眨着一双美丽的眼睛，正无忧无虑地吃着嫩绿的青草。

他看到垃圾筒里一块被人吃剩下来的半块面包。他将面包拿出来仔细观察着。一对青年男女卿卿我我走了过来，女孩看到亚涅斯手里拿着半块面包，嬉笑道，捡了半块面包，还这么左看右瞧的，好像捡了个什么宝贝似的。

亚涅斯听了，深情地说道，是的，在我眼里它就是一块宝贝。女孩听了，一下笑出声来。她说道，您这人说话可真逗人，不就是半块被人丢进垃圾桶里的面包吗？怎么成了宝贝了？

亚涅斯说道，姑娘，你拿着这半块面包，你马上会看到一种神奇的效果。这不是魔术，是艺术。

女孩拿起这半块面包，满脸疑惑地看着亚涅斯。亚涅斯举起手中的相机，调整好光圈和焦距，按下了快门，然后，亚涅斯将相机拿给女孩看。女孩看到，相机里刚刚拍下的照片：她手里托举的是一片丰收的稻田。

女孩看呆了，过了好一会儿，女孩才对男孩喃喃地说道，这看似被丢弃的半块面包，其实是一片丰收的稻田演变而来的。她又对亚涅斯说道，谢谢您让我知道了这样一个浅显而深刻的道理，从来没有枯死的生命，一切生命将会与另一种形式出现。

亚涅斯专门拍摄从生活中发现那些没有生命迹象的东西，经过他艺术处理，这些过去看似没有生命的东西，以另一种形式，重新有了生命。他将被车碾死的小狗，拍摄后，成了盛开在马路上的玫瑰；他将漂浮在水面上的死鱼，拍摄后，成了水面上欢快的鸭子；他将被人射杀的鸟禽，拍摄成了欣欣向荣的向日葵……

亚涅斯成了智利著名的另类摄影师，人们从他的摄影作品里，看到了燃烧的生命和希望，看到了珍惜生命、热爱生命的深刻和迫切。人们亲切地称他的摄影作品是"从来没有枯死的生命"。

/积雪草

有良知的人有幸福

大学毕业后，他爱上了一个漂亮而且时尚的女孩，和她结婚的时候，母亲没有来，她托一个进京办事儿的老乡捎来了一万块钱，装在一个皱皱巴巴的信封里，用报纸一层一层地裹住。他把那些钱拿出来数了一下，有九千块，是整整齐齐的百元大钞，而其余的一千块，是零零散散的毛票，又脏又旧，他抚着那些零钞，知道每一张都凝结着母亲的汗水和泪水，还有母亲不吃早餐省下来的。他心里难受，低着头盯着那些钱发呆。

送走老乡，他赶紧把那些钱找了个储蓄所存起来，他怕妻看到了会嫌恶，平常家里来了个客人，用过的杯子，她都要消毒N次，这样又脏又破的钱，他怕她不肯要。

她回来的时候，他把存折递给她，说，是母亲给我们结婚用的，她接过去扫了一眼，轻慢地说，这么点钱够干什么用啊？买房子买不足一个平方，去欧洲旅行，只能走到半路，买钻戒只能买一个小米粒大小的。

她的话，像一根刺，把他的心狠狠地扎了一下，他不知道说什么好，沉默了半天，没好气地说，我是穷，你又不是不知道，现在后悔还来得及。

她过来抱住他说，瞧瞧，又急了不是？我们都快成为一个战壕里的战友了，不应该频繁地发生内部矛盾，消消气吧！对于这样一个既让他生气，又让他爱的女孩，他有些束手无策。

蜜月哪儿都没去，她提议回他出生的地方看看。起了个大早，他们坐火车往回赶。下了火车换汽车，一路颠簸，一路劳乏，下汽车时，她不小心扭了脚，新买的皮鞋鞋跟也被扭掉了，她瘸着腿看上去很狼狈。

她指着不远处墙角下一个修鞋的女人说，你把我背到那儿，我把鞋修好了咱们再走。他看了一眼，莫明其妙的心慌起来，说，你先去，我去厕所回来找你。

他远远地看着，修鞋的女人不是很老，五十几岁的样子，但常年在墙根底下风吹雨淋日晒的，满脸沧桑，并且有很多的皱纹，头上包了一块蓝色的围巾，围巾底下露出一缕头发已经有大半是白的。他不错眼地盯着，一直看到眼睛酸涩地疼。隐隐地听女人问她从哪儿来，她说从北京来。她便自豪地说，我儿子也在北京，并且找了一个北京的老婆，可漂亮了。

他躲在一个修自行车的小摊后面磨蹭着，不肯过去，忽然看见两个年轻力壮的男人，和修鞋的女人争执起来，说她两个月没交管理费了，修鞋的女人脸上堆起谦卑讨好的笑容，看得他心中很难受。她说，这两个月没有挣到钱，可不可以缓一缓？矮个子男人不由分说，伸手去掏她口袋，她用手紧紧地捂着，两个人争执起来，年轻的男人失手把她推倒了，她磕倒在台阶上。

他的心战栗起来，跑过去，不由分说，一把抓住那个男人的手喊道，你放开我的妈妈！你们怎么可以这样？他把修鞋的女人扶起来，坐到小凳子上,她的嘴唇被台阶磕破了,有血渗出来。他说,妈妈!都是儿子不孝,让您受这样的苦。

母亲嘴唇抖了几下,说不出话来,眼泪簌簌地往下掉。

他的妻子吃惊地瞪着他。他说,是的,这个衣衫破旧的修鞋女人,是我的妈妈。上大学时,我曾经告诉你,我妈妈是老师,其实不是的,我骗了你,有好几次我都想告诉你真相,可是我没有勇气,我怕你看不起我。我一直很自卑,以为有这样一个妈妈很丢人。其实她是一个了不起的母亲,这么多年,她就是用这双手,供我读了大学,还有那一万块钱,就是你眼里不够买一个平方房子的一万块钱,那是我妈妈攒了好几年的心血和汗水,还有不吃早点省下来的钱。

他说不下去,因为眼睛里溢满了泪水,声音哽咽,不管妻子能不能原谅自己,说出来心中才会安宁。

他在家里住了一个星期,帮母亲做些家务,母亲去修鞋,他帮母亲打下手。他很高兴,自己终于能够摆正心态,敢于承认自己是一个修鞋匠的儿子。

临走的前一天,谁都没有想到,赌气而去的妻子回来了,她把那张一万块钱的存折还给母亲,母亲坚持不收,母亲的脸上堆满了讨好的笑容,让人看了心酸,她替儿子向妻子求情:他骗你,是他不对,但他不是故意的,都是我这个没有本事的妈拖累了他。他看不下去,说,妈您别求她,她要怎样随她去吧!妻转过头来瞪他一眼。

她转头对妈说,他骗我,我是很生气,但看在他能够在那么多的人面前认你这个妈妈,还算有良心。这钱是您辛辛苦苦挣来的,我们不能要。她把存折递给母亲。

母亲用衣袖擦试着落下来的泪水。他看着两个生命中至亲至爱的人,拥在一起,感慨万千。是的,母亲只是一个小人物,但她的爱不比任何母亲逊色,她的爱永远不卑微。

能不能再为你跳一支舞

/ 积雪草

遇到他的那年
正是她最落魄的时候
母亲生病住在医院里 需要很多钱
可是她什么都没有

遇到他的那年，正是她最落魄的时候，母亲生病住在医院里，需要很多钱，可是她什么都没有，除了一张漂亮的脸蛋，再就会跳舞，除此，别无所长。有人劝她，嫁个有钱人，不就什么都有了？不然白长了一张漂亮脸蛋，浪费资源。

她置若罔闻，在歌厅里找了一份给人伴舞的差事，每天晚上像那些歌手一样赶场子，多跳一场，多赚一份钱，很辛苦，等攒够了给母亲做手术的钱，就不用像这样东奔西跑了。

伴舞作为一种陪衬其实是可有可无的，台上的灯光和台下的目光永远都是给歌手准备的，她习惯了像一棵小草一样，在舞台的边缘不受关注。

那段时间，台下的观众其实很少，唯有他，每晚必来，专心致志地盯着她看，大家都笑，说那个"粉丝"爱上她了，因为他有时会买了百合、郁金香之类，孤单的一朵，送给她。

可惜她并没有心情和时间浪费在这样的小情小调上，有时候会把花插到同伴的衣襟或口袋里，有时候会直接把花丢在垃圾桶里，夜夜来这种欢娱场所闲泡的人，想来也不会是什么正经人。

每晚跳完最后一场，赶末班地铁回家的时候，总能在车上与他不期而遇，他淡淡地笑，说："你跳得很好！"她点点头，并不回言，冷漠地看着车窗外一闪而过的夜色，漠然地想着心事。有一次，因为困倦至极，竟然在午夜的电车上睡着了，头歪在他的肩膀上，睡得很沉很安逸，到站后他叫醒她，她揉着惺忪睡眼，忘记了身在何处，转回头看他，他笑了，笑容温暖而美好。

他陪她下车，试探地问："我送送你吧？你一个人回家，我不放心！"她失笑，心想：这个人当真是迂腐至极，你不放心我，难道我就放心你了吗？她摇了摇头，道谢！然后一个人往家里跑，跑着跑着，站住，然后回身往后看，一个模糊的轮廓，依旧站在那里，向着她离去的方向，心中有一种暖，像烟尘一样，慢慢滋生，把心中填充得满满的。

后来听人说，其实他跟她并不同路，每晚陪她坐地铁回家，然后再原路返回，去歌厅门口拿停放在那里的自行车。她是单亲家庭长大的孩子，身上的铠甲坚硬无比，但在这一刻里，竟然渐渐软化。

她开始试着接受他，他送她的花，她不再丢掉或送人，而是拿回家里制成干花标本。他带她去吃消夜，她也去了，两个人在夜摊前吃面条，吃得唏哩呼噜，看着彼此不雅的吃相，两个人都忍俊不禁。他捉住她的手问："带我去看看你的母亲吧？等她老人家病好了，我们就结婚！"她羞红了脸，使劲抽出自己的手说："你不嫌弃我没有正式的工作？"他也笑了，说："我就喜欢看你跳舞，怎么看都不够。"

三个月之后，他便不再来看她跳舞，也不再送她回家，有人说他结婚了，在街上看到他跟太太手牵着手。她的心疼痛起来，一直疼得流出了眼泪，这样的娱乐场所认识的男人，自己居然傻到相信他，自己再好，人家也不过是拿自己解闷而已。

闲暇的时候，她还是常常想起他，想起他温暖淳厚的笑容，想起他夜色中模糊挺拔的轮廓。她把那些制成标本的干花拿出来，用剪子剪成细碎的粉末，然后撒到风中……

折腾了一段时间，渐渐把这个男人压到心底，轻易不会再把旧事翻出来。转年，母亲做了手术，病愈出院，家里又多了笑声和烟火的气味。

她还在那个歌厅伴舞，母亲说："我病好了，不再需要很多钱，不要再去跳了，赶紧找个好人家嫁了吧！"她笑嘻嘻地回言："我喜欢跳，从小学了那么多年，花了那么多钱，我要都赚回来，一直跳到跳不动了为止。"

其实，她的内心里还是隐隐地期望他能再来看她跳舞，她想问问他：他还是不是男人？他说过，等她的母亲病愈出院，他就来娶自己。难道这些都是假话吗？

可是他一次都没来，倒是在街上遇到旧时在一起伴舞的姐妹，她说："你换了手机号码？我到处找你都找不到，你幸好没有嫁给那个粉丝，他瞎了一双眼睛，你跟他在一起，怎么生活啊？有你的罪受。"

她怔住了，问她到底是怎么回事？她说："你不知道？还不是因为你？有一晚去送你回家，回来时，他不小心走进道边施工的工地，撞到一堆胡乱堆放的东西上，独独伤了眼睛……"

找到他，的确花费了很多的时间，是在一幢普通居民住宅小区的五楼，她轻轻地推开门，他站在门边，侧着耳朵问她："你找谁？"她把手伸出来，放在他的眼前晃了晃，他并无知觉，她的眼泪"哗"的一下就流了下来，他真的什么都看不见了，她哽咽："我能不能再为你跳一支舞？"

他呆住了，知道是她，只是他没有想到，还会再见到她，沉默了半天，他还是点了点头。

她把碟片放进ＤＶ机里，音乐响起，她第一次在舞台之外为唯一的一个观众跳舞，她专注、投入，舞姿灵动优美，她用舞蹈语言讲述了一个爱的故事。

她忘情在自己的舞蹈里，眼泪咸咸涩涩地流进嘴里。

/ 张颖异

逗自己开心

曲晓莉是我家的邻居，她的母亲身患好几种病，是个药罐子，每个月光吃药，就要花费两千元左右。曲晓莉的父亲是环卫处的工人，每天开辆破旧的大卡车向郊区的垃圾处理厂运送垃圾。

曲晓莉的父亲回到家后，就是沉默地吃饭，沉默地喝酒，然后沉默地看电视。

曲晓莉职业高中毕业后，父亲找单位的领导说情，想让女儿接班，好歹有正式工作，领导看在曲晓莉父亲勤奋工作近三十年的分上，同意了他这个请求。

曲晓莉从驾校考了个执照，于是就从父亲手中接下了这辆破旧的卡车。因为卡车很破，经常去修车厂维修，一来二去的，就与一个年轻的修车师傅从熟悉到恋爱然后结婚。

家里就她一个独生女儿，结婚后，她一直住在娘家，丈夫工作很忙，经常忙到很晚才回家。

长期患病的母亲、沉默的父亲、哭啼的孩子、又脏又乏味的工作……

这种生活很容易让人感觉非常压抑，旁人设身处地地想一想，心里就替她憋闷得厉害。

但是，人家曲晓莉不感到憋闷，人家觉得很幸福，在清洁工装卸垃圾的时候，她坐在驾驶室里听歌曲，光听还不算，还要唱。因为垃圾场所散发的气味不好，曲晓莉就戴着口罩哼歌。她的很多歌曲，就是在垃圾场学会的。

曲晓莉从大街上领回一只流浪猫和一只流浪狗，给它们做小衣服，给猫的脖子上拴了个绳子，经常吃完晚饭，她一手牵着猫一手牵着狗出去溜达。遛狗很正常，但是，溜猫就很有意思了，小区的孩子们看了，觉得特别新鲜，都跟在后面看稀奇。曲晓莉非常得意地昂首挺胸的，她的那份快乐，让人觉得好笑又羡慕。

曲晓莉喜欢看杂志，看杂志是因为杂志里面一般有很多笑话，她看完一个，自己总是哈哈地笑个不听。别人看了这笑话，只是自己一笑了之，她却到处讲给别人听，别人第一次听到，感觉很有意思，就哈哈大笑，她自己也乐得不行。

有次，我问她："晓莉，你说你经常给大家讲笑话，你累不累啊？"她笑了："我累什么啊？把笑话讲给别人听，别人陪着我一起开心，多有趣的事情啊，我不累。"

给别人讲笑话，别人陪她开心，曲晓莉的观点非常有趣。

曲晓莉母亲每个月花不少的医疗费看病，父亲又喜欢抽烟喝酒，家里的开支比较大，曲晓莉甚至没有自己的梳妆台。

曲晓莉就把自己的口红、眉笔、胭脂什么的，放在了一个铁桶里。这个铁桶是以前的米桶。她说这个桶非常棒，防潮防水，另外，每天早晨掀起米桶盖子去拿化妆品，她就想乐，觉得这日子过得挺逗的。

曲晓莉的镜子，就是一个断了连杆的汽车倒车镜，倒车镜一般是凸起的，用它照人，有些像照哈哈镜，人的面部走了样，显得很大，像个特大号馒头，我看了一次后，就不忍心看第二次了，她却兴致勃勃地每天清晨都去照这个镜子。

曲晓莉的卧室里贴了张香港某著名男影星的招贴画。曲晓莉在影星的嘴巴处用剪刀剪了个小洞，这个小洞刚好够插进一支香烟的。她把老公抽了半截掐灭后的香烟让这个男影星抽着，每次看到男影星这个怪模样，她就觉得很快乐。

有次，我问曲晓莉，现在大家生活和工作压力都比较大，整天都郁闷得不行，你怎么那么开心啊？曲晓莉笑了："谁也没义务去逗你开心，这个开心啊，主要是自己寻的，自己逗自己开心，活得轻松快乐，才是正事。"

听了她的话，我心里一震！是啊，平时我们总是希望身边的人给我们带来快乐，总是忽略自己逗自己开心。于是，当身边的人不能给我们带来开心的时候，我们情绪就很郁闷。

我们总是被动地受别人情绪的引导，其实，我们完全可以像曲晓莉那样自己逗自己开心，让每一天过得轻松过得快乐过得幸福。

/安艳莹

手镯里的梦

几乎每个女孩青春年少时,都做过玫瑰色的美梦,有的梦见自己穿上美丽的婚纱,有的梦寐以求的是一双红舞鞋……而我的梦想竟然是一副银手镯。

这个梦想缘于我们班的一个同学,初二时转来的一名女生,她长长的睫毛,大大的眼睛,手腕上戴着一副银亮的银手镯。放学路上我们还是同路,这样我们接触的机会更多了。我的眼球被银手镯吸引着,她写字时我静静地看着,她走路时我时不时地关注着,而这个女孩也很热情,很快我们成为了好朋友。每次去她家玩时,她的父母都非常热情。她很大方,当着同学的面,与父母撒娇。我想同样是女孩,怎么她在家里那么受关注呢？心里羡慕极了。

与她接触久了，我才了解到这银镯子是她奶奶给她的，那时我多盼望着奶奶也给我一副银手镯啊。

放假回家来，我和奶奶聊天，奶奶告诉我，她过去也有很多首饰的，银镯、金簪、玉佩都有，全都送给了姑姑，而姑姑已经去世了，首饰都丢到婆家了。我听了万分惋惜，要是奶奶想着把那些首饰要回来多好呀。可是奶奶说最心爱的女儿都亡故了，还要那些首饰干什么呢，要回来也是睹物伤情。终于我明白了，母亲对于女儿的馈赠，奶奶对于孙女的爱，都寄托在首饰上。读了小说《京华烟云》之后，就理解了姚木兰的父亲为什么给姚木兰的陪嫁是七十二架花轿，绫罗绸缎，金银成堆。金钱代替不了感情，却能表达真爱。

女孩对于首饰的喜爱是与生俱来的，定情之物一般都是首饰，因为那是爱的象征。盼望着自己长大以后，也能有个人把最珍贵的首饰送给我，让我也体验做人家手心里的宝的感觉。结婚时，爱人家贫，我不好为难他，就悄悄地托熟人从大兴安岭买来一对纯金耳环，那是一副带着夸张菱形图案坠子的耳环，小姐妹们以为是我男朋友买的，都投来艳羡的目光，我心里满足极了。每个女孩都虚荣，我也不例外。

我来到婆家正在筹办婚礼，那耳环上好看的坠子就被我爱人两岁的小侄子给拽丢了，那一天家里找了个底朝天，婆婆连床底下铺的稻草、外面的灰堆都找遍了，就是不见了踪影，结果我的婚礼是遗憾的婚礼，爱人安慰我以后补上。

结婚生女，加上租房，我们的生活更拮据了，哪里还有闲钱买首饰，虽然我一直有个梦。

在南门租房时，我认识了李伯（原钢铁厂党委书记李业成）一家人，李妈是上海人，她体恤我也是一个人在外地，对我格外关照，每次我女儿去她家，她都倾其所有，拿出所有的好吃的。隔壁的邻居程奶说："李奶偏心啊，怎么不疼我家的小燕子呢？"李奶笑着说："这孩子可怜啊，没人疼啊，你家燕子疼的人多。"也是，小燕子与我女儿都是两岁，她手腕上戴着银镯，脖颈上挂着银项圈，这孩子不缺人爱。

邻居住了一年多，李伯每天给我家送四瓶开水，他用蜂窝煤烧炉子。李妈逢年过节给我女儿买衣服。我家的钥匙就放在他们家，两家人处得跟一家人似的。李妈很疼爱我，视为己出。我们回东北时，婆婆一人在家不小心摔倒了，还是李妈伺候她。远亲不如近邻，真是重情重义的一家人。

1999年夏季南方发洪水，是李妈带领儿子第一时间赶到通知我们，不顾自家安危一心只帮我家搬东西，后来，我们被迫搬家了。与李伯一家分开了，我常对爱人说："你到任何时候也不能忘记李伯李妈，就凭对婆婆那份情。"所以这么多年，我们一直都来往着，尽管两家都搬过无数次的家，但都不忘联系。

一次爱人去给李伯送蜂蜜，回来时带回一对子母玉镯，新疆和田玉的，晶莹剔透，涌动着生命颜色的一抹红。我和女儿一阵惊喜，我还以为是爱人买回来的，女儿也高兴地试来试去。我们舍不得戴，生怕弄坏了玉镯。

夏天到了，这五彩缤纷的季节是属于女人的，穿上漂亮的裙子，温润的手腕上戴着各式各色的首饰，那感觉就是个幸福的小女人。爱人鼓励我戴上，我小心翼翼地把它拿出来，用软布擦了又擦，戴在手腕上，我也是有人爱的呀。一天，同事约我逛街，准备在街上会齐，正当我寻找同事之际，一不小心踩在冰激凌上滑倒了，就听脆脆的一声响，我那心爱的玉镯已经断裂成两截，而我也膝盖青紫。不久李伯就离开了人世，如果有什么预兆，这算不算呢？睹物思人，我的心也跟着碎了，我的梦也碎了。

/蓝莓

雨中遐想

　　雨，急急缓缓地下了一天，溅起密密匝匝满地调皮的泡泡，跳来蹦去闹得很是欢实。潮湿的街道，依然车水马龙，行人如织。生存的紧迫和焦虑带来一张张匆忙麻木的面孔。

　　我不禁遐想：不知道在那些面孔的身体里，除了对名利的疯狂追逐，灵魂里是否还留有一点空间，可以温情地抗拒或冲淡什么？世界嘈杂多变，现代人拥有蜘蛛网似的广泛的人际关系，却缺乏真正心灵的沟通。有人把空虚的精神世界，建立在虚拟的网络上以期寻找知己，寻求灵魂的寄托和充实。到头来，皆为或许根本不存在的爱情击中，从而痛苦沉沦。浮躁的心因此变得越来越疲惫困顿，越来越失去自我。世界因而多了几分荒诞和虚伪。

雨丝轻柔地梳弄着路旁的法国梧桐，树叶窸窸窣窣在风中快乐地歌唱。婆娑的枝叶间跳动的晶亮雨珠，如一群滑滑梯的天真孩童争相坠落，忍不住让人想伸出手去接住它们。这很重要！这让我明了，在我平淡心绪的背后，蕴藏着一种没有失却的丰富情感，而这些情感一直缱绻在我的心灵深处，如那些跌碎在树根瓦砾间的雨滴。

春夏秋冬，转换得飞快。仿佛一觉醒来，已经由一只矫健玲珑轻灵跳跃的燕子，变成一只双手斜放保持静穆的鹌鹑。对生活中的许多事有了更深的了解。许多的事，早已成了回忆，许多的人，只能是生命的过客，仿佛眼前落下、消失的雨滴。唯有文字值得遐想和信赖。

常常，一个人坐在电脑前，指挥鼠标从一本书跳到另一本书，由它引领我穿越时空，与幽怨奔放的诗人、观念犀利的学者、温婉多情的现代"宝贝"作家们喁喁私语。字里行间飘漾出吴侬软语、莺歌燕舞、金戈铁马、燕赵悲歌，让人心醉。心境豁达时，暗自独享着淡泊的清静和富有的空间。也许，路上穿梭而过的车辆和行人谁也没功夫探究，竟会有一个人如此安静，如此闲适地坐在窗前专注地看雨，且充满遥远离奇的思想。很安静，很简单，很淡泊，却如此充实而快乐。

望着窗外匆忙的行人、纷杂的雨丝，心里充溢着更新鲜更深刻的感动和惆怅。于是想起海子的一首诗：

从明天起，做一个幸福的人
喂马，劈柴，周游世界
从明天起，关心粮食和蔬菜
我有一所房子
面朝大海，春暖花开

最后一颗眼球

/ 徐立新

维克多是乌克兰的一名少年，可不幸的是，在他七岁时双眼被检查出患有恶性肿瘤，必须要将两个眼球统统摘掉，以阻止肿瘤危及生命。

维克多是乌克兰的一名少年。可不幸的是，在他七岁时，双眼被检查出患有恶性肿瘤，必须要将两个眼球统统摘掉，以阻止肿瘤危及生命。

这几乎要击垮维克多的母亲马丽娅，"上天对我太不公平了！"原来，维克多的父亲也患有过此病，而且因为当初不听从医生的建议，不愿摘眼球而于五年前病逝的。

"妈妈，这个世界很美丽，我不想再也看不到它们了。"儿子的这番话更让马丽娅痛苦不已。

马丽娅决定无论如何都要救治儿子，为此，她开始带着维克多四处求医，但得到的结果都是惊人的一致——除了摘除眼球，以永失光明换取生命为代价外，别无他法！

眼看着儿子的眼病越来越严重，最后马丽娅不得不接受这个残酷的事实，决定同意让医生为维克多做双眼球摘除手术。

但在手术之前，马丽娅变卖了所有的家产，然后带着维克多环游了乌克兰的许多风景区，她要儿子记得这个世界上的所有美好。

在旅途快要结束时，维克多的双眼已经开始模糊不清了，马丽娅决定立即带他回去做手术。在返回的途中，马丽娅在一张报纸上看到一则让她心跳加速的新闻——有一名叫舍普琴科的眼科医生，刚刚研发出了一种叫"视神经诱导结合"技术，有望帮患者移植眼球。

马丽娅随即带着儿子找到了舍普琴科医生，"目前这项技术只在动物身上试验成功过，还没在人身上做过，"舍普琴科有些抱歉地说道，"请再等上个一年半载，它有可能会在人身上试验成功，现在风险太大。"

"就让我们成为第一吃螃蟹的人吧，"马丽娅不想等，因为儿子的病情不能再耽搁了，"我们愿意冒这个险！"

在她的苦苦哀求下，舍普琴科最后只好答应先给维克多移植左眼。可虽然他竭尽全力，做了百分之一百的努力，可移植手术最后还是失败了，维克多的左眼永久失明。

然而，让舍普琴科没想到的是，接下来，马丽娅竟然要求他对维克多的另一只右眼继续进行移植，"你想清楚了没有？如果这次再失败，那便是满盘皆输！"

"我想清楚了，再试一次！"马丽娅坚定地回应道。

幸运的是，接下来的这次移植手术竟然成功了，维克多的右眼得以重见光明。

维克多出院的那一天，他牵着母亲的手慢慢朝前走，一边走，一边帮马丽娅讲解路两边的风景。是的，把自己的双眼球移植给维克多的，不是别人，正是她的母亲！

是母爱的勇气给了维克多重见天日的机会，尤其是决定进行第二次移植手术时，面对舍普琴科医生"您将因此失去另一只好眼，彻底失去光明。而您的儿子仍然会什么也看不见"的警告，马丽娅毫不犹豫地回答道："哪怕只有百分之一的成功机会，我都愿意试一试！因为我是他的母亲，我有责任让他好起来，不惜一切代价！"

蓝莲花的秘密

/ 安艳莹

蓝莲花是嫁到小镇上的水乡姑娘
长长波浪型鬓发飘逸在腰际
白皙的瓜子脸 柳眉丹凤眼
浅浅的微笑 高挑匀称的身材
精致的装扮 女人味十足

蓝莲花是嫁到小镇上的水乡姑娘，长长波浪型鬈发飘逸在腰际，白皙的瓜子脸，柳眉丹凤眼，浅浅的微笑，高挑匀称的身材，精致的装扮，女人味十足，是小镇上一道亮丽的风景，没人猜得出蓝莲花的年龄。因为她为人热情善解人意，蓝莲花的服装生意做得风生水起。

镇上的男人因为蓝莲花漂亮热情，没事都喜欢到蓝莲花店里侃大山，在他们看来，蓝莲花比家里的女人知书达理，更有情趣，更懂生活，更有人情味。

镇上的女人喜欢议论别人，蓝莲花因为漂亮自然招惹了她们，她们讽刺蓝莲花打扮得像个妖精，纯粹是臭美，我们可得看好自家的男人。每当好姐妹橘子把那些嚼舌头女人们的话转给蓝莲花时，她总是淡淡一笑，随便她们说好啦。橘子真佩服她的淡定和从容。

橘子是做精品店生意的，她相信蓝莲花的眼光，每次去省城进货时橘子总是与蓝莲花一道，这样可以让蓝莲花帮着挑选，而热心的蓝莲花也不拒绝，一来二去两人成了好朋友。橘子的精品店也红火起来。

每次进货都很累，橘子常常说："莲花，天晚了咱们在宾馆住一夜吧，明早再回去。"蓝莲花总说家里脱离不开，老公忙生意，顾不上孩子，再说店里也需要人手。橘子说："莲花，你心里总是想着别人。"天再晚她们也要搭着长途车赶回家。

一个冬日，橘子约好和蓝莲花去进货了，她们出发的时候，天气晴朗，顺利地到达省城，货进好了，省城的天气忽然变天了，一场大雪阻隔了所有的归途，高速公路封闭，蓝莲花她们一时无法回家了，只好就近找个宾馆住下了，橘子兴奋极了："莲花，人不留天留啊！这省城就是好，瞧这宾馆比我们那小镇上赵有财家的别墅强百倍。"赵有财是小镇上的名人，最早的暴发户。蓝莲花笑着，橘子说着就脱掉了衣服进了卫生间洗澡，用她的话说，她要好好体验一下做城里人的滋味。橘子在卫生间哼着歌，细细地抹着沐浴露，蓝莲花静静地看电视，她没有橘子那样的兴奋，她在惦念千里之外的家里、孩子和生意。

橘子穿好睡衣出来，见蓝莲花还在那里看电视，就说："莲花，这热水真好，你去洗个澡吧。"莲花说："橘子你先睡吧，我看一会儿电视再洗。"橘子进了被窝，"那你早点休息啊，累了一天身子都散了架了。"不知不觉橘子睡着了，她梦见自己还在洗澡，翻个身子惊醒了，原来要上卫生间。莲花呢？橘子睡眼蒙眬地走进卫生间，只见莲花赤裸着身子正在洗澡，而胸前一片空白……

橘子惊呆了，莲花也没想到橘子会闯进来，镇上的人没有敲门的习惯。莲花下意识地护住了胸口，"莲花你这是怎么啦？"莲花平静下来，"我得了乳腺癌，为了保住性命，做了切除手术。"橘子说："莲花，小镇上的女人嫉妒你，我一直很羡慕你，以为你是天下最幸福最美丽的女人，没想到啊，你心里一定很苦的啊。"莲花还是一脸平静地说："现在你知道我为什么不出来和你住宾馆了吧，我不想让那些无聊的人多一份茶余饭后的谈资。我活我自己的。"橘子像是对莲花发誓一样，也是对自己说："我会永远保守这个秘密，你放心吧！"

橘子躺在宾馆舒适的大床上辗转反侧，她想：蓝莲花多么坚强啊，她真不枉叫蓝莲花，就像莲花暗暗结出苦涩的莲子，内心是苦的，展示给我们的却是冰清玉洁的花朵，自顾自地美丽着，而我们对她的痛苦竟然一无所知。

"我不是一只花瓶"

/ 梁阁亭

1914年11月9日 海蒂·拉玛生于奥地利首都维也纳
一个富裕的犹太家庭
粉嘟嘟的小脸 微噘起来的小嘴
圆溜溜的眼珠转来转去
就像是要和大人交谈一般

1914年11月9日，海蒂·拉玛生于奥地利首都维也纳一个富裕的犹太家庭。粉嘟嘟的小脸，微噘起来的小嘴，圆溜溜的眼珠转来转去，就像是要和大人交谈一般。海蒂·拉玛的父亲是一个银行家，母亲是一位医生，良好的家庭环境，让海蒂·拉玛的成长就像温室里的花朵，无风无雨。在父母、老师的宠爱下，在同学们绿叶般的簇拥中，她就像一只乐意展现自己魅力的孔雀。同学们送给海蒂·拉玛一个外号"美人蕉"，海蒂自己也觉得自己的美丽就像开了瓶的香水，芳香四溢。

1936年，大学毕业的海蒂听从父亲的安排，和奥地利军火大亨曼德尔步入婚姻的殿堂，婚后第二年，海蒂就感觉到自己的婚姻如此失败，丈夫只是把自己的美丽当作给别人炫耀显摆的资本，而不是人生路上的伴侣。一次，趁丈夫忙于应酬，海蒂当机立断，药翻了女佣，翻窗而出，径直乘火车逃往法国巴黎。这一年，二十三岁的她因为惊人的美丽被一位美国米高梅电影公司的导演发掘，正式进入好莱坞。

海蒂的演艺生涯因出演一家由捷克斯洛伐克电影公司拍摄的电影《神魂颠倒》而出名，因为在这部影片中，身为女主角的海蒂成为世界上首位全裸出镜的明星。在该片中，她绝美的面容和奔跑在树林中的曼妙胴体，在震惊观众之余也带来了铺天盖地的非议。在当时那样一个男权主流社会中，男人们都对海蒂的美貌肃然起敬，却对她本身内在的东西并不感兴趣。在一次晚宴后的晚会上，海蒂感觉到不适，就在舞池旁边的软沙发上休息。这时，一个她不认识的富商走过来邀她共舞，她委婉地拒绝了他。这个富商是一个没有多少文化的暴发户，被拒后，嘴里随便冒出一句："你有什么可骄傲的？不就是一只花瓶，一只暂时好看点的花瓶罢了。"

自尊心极强的她受到了强烈的刺激，但很快又平静下来。要反击那些瞧不起自己的人，最好的办法不是反唇相讥，而是用行为证明自己不是他说的那种人。为了证明自己不但有美貌，也有智慧，海蒂很快投身于科学研究，她推掉了所有的片约，捡起了自己上大学时的专业：通讯技术。

一身蓝大褂，不施胭粉的海蒂远离了名利场，整日整夜在实验室做实验、校验数据、调节参数。三年后，专利号"2，292，387"的"扩频理论的核心基础"静悄悄地躺在美国专利局"保密通信系统"文件里，申请时间是1941年6月10日，申请人一栏，是一个美丽的名字：海蒂·拉玛。只可惜当时的美国军方完全不把这个"世界上最美的女人"的重要研究当一回事，拒绝尝试，并为之保密。海蒂在当时未能获得任何荣誉。

直到20世纪50年代后期，海蒂的这一杰出设计思想，才被广泛运用到军队计算机芯片中。从那时起，这一技术也启发了许许多多通信领域的科学家，从而被广泛运用到手机、无线电话和互联网协议的研发上，以使很多人共同使用同一频段的无线电信号。1997年，当以CDMA为基础的通信技术开始走入大众生活时，科学界才想起了已经八十三岁高龄的海蒂，美国电子前沿基金会授予了她"电子国境基金"的先锋奖，这一奖项对她在计算机通信方面的杰出贡献给予了承认。这时，人们才知道五十三年前海蒂·拉玛从好莱坞荧幕消失的真正原因。但此时，海蒂的专利已经失效，所以她终生未能因此而得利。如果专利没有失效，海蒂将和拥有电话专利拥有者的贝尔一样名利双收、富可敌国。

因为海蒂·拉玛创造的CDMA皇冠上的宝石——"扩频理论的核心基础"专利，高通公司从一家小公司一跃成为世界著名通讯公司，保持着每年两位数的增长，并成为未来20亿3G用户的收税官。"她有一个非常惊人的专利，人们通常都想不到电影明星有什么头脑，但她确实有。"高通公司联合创始人安东尼奥说。以CDMA为基础的3G技术开始走入人们视野，科学界称海蒂·拉玛这位高龄美女为"扩频之母"。全球电信和通讯技术行业著名工程师、分析师莫克则在2005年出版的传记《高通方程式》中，以这样的文字来描述这个矛盾的天才人物："只要你使用过移动电话，你就有必要了解并感谢海蒂·拉玛。要知道,这位性感女明星为全球无线通讯技术所做出的贡献至今无人能及。"

高通公司高层曾多次表示可以给海蒂·拉玛一笔不菲的感谢费,但都被海蒂·拉玛拒绝。接受媒体采访,海蒂给出了自己的答案:"我在科学上一切一切的努力和付出,不为名,不图利,不想谁回报我什么,只是仅仅为了证明:我不是一朵花,也不是一只花瓶,我只是我——海蒂·拉玛,一个追随自己内心的普通女性。一百年后,人们如果还会想起一个人的名字,那是因为她是一位出色的科学家,而不是一只名贵的花瓶。"那一刻,海蒂·拉玛眉眼舒展、神清气爽。

2000年1月19日,海蒂·拉玛去世。三年后,波音公司进行了一系列的宣传广告纪念这位科技女性,其中毫不涉及她的演艺事业。2005年,德语国家举行了第一届发明者节,以纪念海蒂·拉玛的92岁诞辰。所有的这一切,仿佛在印证她的另一句妙语:"电影往往限于某一地区和时代,而技术是永恒的。"

别拿豆包不当干粮

\张颖昇

路红和任倩是同一批进入公司行政部试用的,因为试用期间工作勤奋、业绩优秀,两人同时被公司转正。

两人工作能力都非常强,另外,她们在公司都注意和大家处理好关系,在公司的人缘都不错。

虽然两人的人缘都比较好,但是,这种"好"还是很有区别的。任倩走的是"上层路线",对待公司里有职务的以及资历比较深的老员工,非常尊敬。然而,对于公司里清洁工、保安、司机,任倩一般都不怎么理睬。她觉得这些人在公司里位低言轻,对于自己在职场上的发展根本没有什么作用,所以,就拿人家不重视。

在公司里，任倩对待清洁工、保安、司机，都比较冷淡，走对面了，也懒得说话，有时候，对方主动和她打招呼，她要么装作没有听见，要么就不咸不淡地"嗯"一声，算是回应。时间长了，公司这些"位低"的人都不再"自讨没趣"了。

路红做人比较平和，对待公司里所有的员工都很热情，公司里的一个保安，因为远在老家的母亲生病，这个保安就时常寄些钱回家。有时候，为了凑个一千或者两千的整数往家寄，就找同事借钱，借得最多的是路红，因为路红很好说话，只要张嘴，从来没有被拒绝过。

其实，这个保安每次向路红借的钱并不多，只是三五百元，但是，路红的热情让他和保安部的其他同事都很感动，觉得路红为人真诚不势利。

作为公司的行政人员，路红经常乘坐公司的小车出去办公事。有时候天气热，路红还从路边的便利店里买瓶饮料给司机师傅喝，司机觉得一个女孩这么大方热情，真是难得，对路红的印象就很好。

每次办完公事回到公司，路红都不忘向司机表示感谢。虽然只是一句客气话而已，但是，司机师傅找到了被人尊重的感觉，心里很高兴。

两年后，行政部主管被调到外地的分公司担任经理，行政部需要新提拔一个主管。上任主管向老总推荐的人选就是路红和任倩，两人资历相当，工作能力不相向下，都很勤奋敬业。老总难以取舍，询问一些中层干部和老员工，大家对她俩的评价都很好。老总有天在办公室继续反复艰难权衡的时候，觉得应该问问公司基层群众。于是，老总就到保安部和公司的司机班咨询，大家一致反映路红善良、真诚，而对于任倩，都说她做人滑头、势利。

调查后，老总心中的天平很快倾斜到路红这边，他当即决定让路红当行政部的主管。

看到路红一下子成了自己的顶头上司，任倩心中虽然不服气，但是，她却非常无奈，不知道自己究竟败在了哪个环节。

其实，任倩就失败在没有把公司的基层员工当回事，结果，失去了一部分重要的民心。这部分人心之所以重要，是因为这些人和她没有任何利益上的瓜葛，说出的话显得很公平很客观，于是，在关键的时候能起到决定性的作用。

职场上，应该热情平等待人，千万别势利，把"豆包"当成"干粮"重视，这样的人，才能在职场上有好的发展，这样的人，才能在职场上升得高走得远。

心灵启示：生活中一些人非常势利，见到有地位的人就笑脸相迎，见到普通人就漠然相对甚至是横眉冷对。启示，很多时候，那些不入你眼的人反而能决定着你的未来，因为他们代表的是"大伙的心声"。

以平和的心态面对富贵以及不富贵的人，这样有涵养的人才真正能成大事。

我们不能失去彼此的温暖

第四辑

蓝　莓：父亲的形象
李良旭：行善的诱惑
安艳莹：最美的拥抱
积雪草：是对手更是朋友

父亲的形象

/ 蓝 莓

下午 偌大的超市显得有些清冷 顾客们有的三三两两梭游在货架间各取所需 有的稀稀落落地排在出口处等候结账

下午，偌大的超市显得有些清冷。顾客们有的三三两两梭游在货架间各取所需；有的稀稀落落地排在出口处等候结账。

一个四五岁的小男孩，举着一管透明的五彩弹子糖，从林立的货架间像小牛犊似的纵了出来。他的父亲急急尾随其后。眼看着孩子撒着欢冲向收银台狭窄的过道口。父亲猛地刹住脚立在一处货架旁，高声呼唤着孩子的名儿对孩子招招手。孩子听话地掉转头跑回父亲身边，父亲爱怜地牵起他的小手，佯作生气的样子训斥了几句，像心口疼似的一手摁住左胸，缓缓弯腰抱起儿子。

走近收银台，父亲把孩子换个方向紧贴在左胸前，摊开右手心里预备好的五元钱结了账，欲往外走。一名年轻保安如下山的猛虎般，一把揪住他的后衣领，故作平静地问，先生，你的东西都结账了吗？结了呀，就一管五彩弹子糖。父亲利落地回答说。男孩仿佛在配合似的，得意地摇晃着手里的"商品"。那一堆糖球仿佛是他的"士兵"，在他的操纵指挥下，忙忙碌碌不停地变化着"队行"，发出清脆悦耳的"嚓嚓"声。保安看了看孩子，目光如炬地逼视着父亲，父亲一脸无辜的样子，双手抱紧胸前的儿子和保安对峙着。突然，保安使出一招"黑虎掏心"，两块大版榛仁葡萄干巧克力，在众目睽睽之下从他的左胸袋内被"捞"了出来。

小男孩一见巧克力，两眼发出星星般的光亮。但，随即他胆怯地把脸藏进了父亲怀里。因为，他看到保安正气咻咻地瞪着他父亲。

父亲酱紫着脸解释说，这一定是儿子趁他不注意时放进去的，他压根不知道。边说边慌乱地摸出一张十元和几枚硬币打算付款。保安揪住他，用不屑的口气说，这两块巧克力原价二十元。但，现在你必须花十倍的价钱为你的行为买单。这是我们超市的规定！男人傻了眼，可怜巴巴地说身上只有这么多钱。为了证明自己所言属实，他放下孩子拖拽出所有的衣服口袋。

孩子安静地坐在收银台上，默默地眨巴着眼瞅着父亲的窘态。围观的人群里有年长的顾客叹息说，作孽啊，当着儿子的面干这事，真不像话。年轻的顾客则起哄说，现在小偷都狡猾，没准这小孩是他雇来的托。客气什么，没钱买单就送他去派出所。年轻的保安刚掏出手机，男孩的父亲立刻像头斗红了眼的公牛，拼命去抢夺保安的手机，两人纠缠了起来。小男孩吓得哧溜滑下柜台，抱着父亲的一条腿，哇哇大哭。

这时，有人喊，经理来了！围观的人群让出一条道。经理冷静地听保安汇报了情况，拿过一块巧克力，拍拍小男孩脑袋柔声地问，告诉伯伯，是你让爸爸给你买这个的吗？男孩抽搭着，用蚊子似的声音瓮声瓮气地说，我看到别的小朋友吃，我也想吃。可爸爸说咱家没钱，就给我买了这个。说着摇了摇手里的弹子糖。经理恨铁不成钢地乜了一眼男孩的父亲，瞟了瞟桌上的零钱，思忖了一会儿。抓起两块巧克力递给小男孩，慈爱地说，拿着，这是你爸给你买的。你长大了一定要好好读书挣钱孝敬你爸哦。小男孩怔怔地望着经理，懵懂地点了点头。

经理厌恶地盯着男孩的父亲，压低声音恨恨地说，我不是纵容你偷盗，我只是维护一个孩子心里父亲的形象。你走吧。

男孩的父亲猛地"扑通"一声跪在经理跟前，"咚咚咚"磕了三个响头，抱起孩子，低着脑袋逃也似的冲出了人群。

/李良旭

行善的诱惑

吉普森是美国得克萨斯州休斯顿的一名百货公司的经理。他虽然是个大老板,但他心地很善良,对待员工很关心,员工们有什么困难,他都极力给予帮助。员工们在吉普森手下工作,都感到很舒心。

克里是吉普森公司对面街头的一名流浪汉。克里是个二十多岁的小伙子,不知什么原因,他成了一个无家可归的人。克里衣着陈旧,脸上污秽不堪,每天晚上,他只能蜷缩在商场的屋檐下,生活环境很差。

吉普森从办公大楼的窗户上注意到了克里的窘境,心里溢满了同情,他想给克里一点帮助。

一天,他找到了克里,把克里请到了五星级宾馆,安排他吃了一顿丰盛的酒宴。这些菜肴都是克里第一次见到,他的眼睛都睁圆了,脸上露出激动和兴奋地光芒。他大快朵颐，大杯地喝酒。看着克里狼吞虎咽的样子，吉普森脸上露出自豪的神色。晚上，吉普森还安排了克里在五星级宾馆里睡了一晚。克里睡在宽大、柔软的席梦思床上，翻来覆去，兴奋得一夜睡不着觉。第二天，吉普森送给克里一套崭新的西服，还给了他500美元。克里眼睛里闪烁着激动的泪花，千恩万谢地离开了吉普森。

看着克里远去的背影，吉普森心里感到很高兴，他觉得自己的行善之举，给克里带来了很大的幸福和快乐，他一定不会忘记自己的恩情的。

不经意间，吉普森从办公室宽大的玻璃窗看下去，发现那商场的屋檐下再也见不到克里的影子了。吉普森心里不免有种隐隐的失落感，他不知道克里到哪里流浪去了。

日子一天一天地过去了，克里在吉普森的脑海里也渐渐地淡忘、模糊了。那次行善之举，对于吉普森来说，是很小的一件事，他不会放在心上的。他是个大老板，每天还有许多事要去做。

一天，吉普森突然接到警察局的一个电话，说有一个叫克里的人控告了他，要他马上到警察局来接受调查。

吉普森想了很长时间，也没有想出克里是谁？他要控告自己什么？

吉普森满腹狐疑地来到了警察局，警官哈里对案情做了介绍。哈里严肃地说道，克里曾经是一名流浪汉，是你在行善的名义下，诱惑他走上了犯罪的道路。他在偷窃时，被人抓住了。我们从他的出租屋里，还搜到了许多赃款赃物。

吉普森一听就急了，他大声地申辩道，我好心地把他请到五星级宾馆里吃饭、住宿，还送给他西服、给他钱，怎么能说是我诱惑他犯罪？我又没有去叫他当小偷。这人不感恩图报，却反咬一口，我真是好心当成了驴肝肺了！

吉普森气得脸都变了色，他没有想到，这个叫克里的流浪汉犯了罪，竟将责任嫁祸于他。他真的是越想越气愤，如果克里站在他面前，他一定会冲上前去，狠狠地揍他几拳，以解心头之恨。

警官哈里威严地对吉普森说道，请你不要激动，毋庸置疑，你这种行善，表面上是给了克里一种幸福和享受，实际上是在引诱他犯罪，是一种变相的教唆。

吉普森听了，更加疑惑不解了。他困惑地望着警官哈里，他不知道警官哈里说的是什么意思。

哈里接着说道，克里本是个无家可归的流浪汉，过着靠社会救济和乞讨的生活，他本来没有什么怨言和想法，这也是他的一种生活方式。而你却在行善的名义下，把他接到五星级宾馆，给他吃了一顿豪华的大餐、安排他住了一宿，还给他买了新西服，给了他一笔钱，然后又把他推向社会，不管不问了。但是，你没有想到的是，从此，在克里的心里就有了一个不切实际的想法，他也想天天吃在酒店、住在酒店，穿着体面，口袋里还有大笔的钱。可是，这些他都无法实现，于是，他走上了偷窃的道路，成了一名小偷。最后，他被抓了，锒铛入狱。如果你当时给他创造出一个就业或者自谋职业的机会，这样的行善效果也许会更好些，使他懂得，财富是要靠劳动得来的，任何不劳而获的思想，都是有害的。

警官哈里最后义正词严地说道，有一种行善，对他人实际上是一种引诱。想借此机会炫耀自己的财富和生活，其实，这样更能给他人造成一种严重的心理不平衡。这种行善，实际上也是一种变相的教唆和犯罪。

吉普森听到这里，终于面色愧疚地低下了头，他喃喃地说道，对不起，我错了，我愿意接受法律对我的公正判决。

为此，得克萨斯州专门颁布了一部法律，法律中明确规定，在行善中，如果变相地炫耀，或者引诱当事人，也是一种犯罪。行善，是一种心地纯洁的高尚行为，它永远像天上皎洁的月亮，光可鉴人。任何有悖于行善的初衷，都是对行善的一种践踏和亵渎。

最美的拥抱

/ 安艳莹

我随安徽作家采风团来到了亳州市利辛县
对利辛,我十分向往
因为利辛是柳下惠的故乡
伍子胥打马渡乌江的地方

我随安徽作家采风团来到了亳州市利辛县，对利辛，我十分向往，因为利辛是柳下惠的故乡，伍子胥打马渡乌江的地方。我随团看了曹店新村、利辛高级中学……终于来到涡河之韵广场，我亲眼见到了柳下惠雕像。柳下惠的雕像很高大，有两米高，周身古铜色。柳下惠神情严肃，怀里抱着一个女子。

柳下惠是何许人也呢，为什么与坐怀不乱的成语挂钩？《纯正蒙求》记载并丰富了"坐怀不乱"的细节：鲁国人柳下惠，姓展名禽，一次出远门的晚上住在都城门外。当时天气严寒，忽然有一位女子来投宿，柳下惠恐怕她冻死，就让她坐在他怀中，用衣服盖住她，一直到第二天天亮也没有发生越礼的事。

初夏的阳光泼洒在古铜色的雕塑上，越发显得柳下惠英俊伟岸。他怀里那个不知名姓的女子睡态安然。这情境如此相近，使我不禁想起了他……

那是一个冬天，我参加单位技能培训会议多日后，临别的晚上，几个年轻人相邀去郊外散步。尽管那晚月亮是上弦月，但大家兴致很高，一路高歌，一路畅谈，不觉走出好几里，我的腿突然疼痛起来，很快落在了后面，一直帮我拿包的他，紧张地问我怎么了。我痛苦地蹲下身来，捶着不争气的腰腿，他也跟着蹲下来，一边扶着我一边捶着我的腰，我紧张得要命，偷眼看他，他神色温柔自然。我稍许放松，并为刚才对他的戒心感到惭愧。等我感觉好点了，他把我扶了起来，准备背我，我婉言谢绝了，于是他就搀着我往前走。没走几步，我的腰像要断了一样，我又蹲了下去，他也随即蹲了下去，真是难为了他。等我终于休息好了，他拉我站了起来，看着我说："可以问一下你的腿是怎么回事吗？"我告诉他我小时候是个非常健康的孩子，一切的悲剧都缘于一场车祸。接着我们都沉默良久，他轻轻地对我说："我可以抱抱你吗？"我一愣，傻傻地站在那里，不知如何作答。他张开有力的臂膀，把我抱在了怀里，眼泪打湿了我的鬓发……我们就这样静静地拥抱着，忘记了性别，也忘记了时间……初冬的夜晚，清冷的月光下葡萄园里枯藤断枝寂寞地盘旋着，月季花倒是开得热闹。忽然我感到害怕了，我说走吧。他牵着我的手，拿着我的包，一直送我到门口，我主动伸出手道别："晚安！"他笑着握住我的手："珍重！"他看着我离开，提醒我慢点走。

回到住处，发现还有朋友没有散去，依依惜别的夜晚多么难忘啊！我就合衣躺在床上，衣服上还有他的气息，很好闻的紫罗兰香皂味道。第二天早餐看到他，我不敢正眼看他，他很大方地道声早。吃过早饭后，大家各奔东西就告别了，匆忙间竟发现没有和他告别就离开了，从此天各一方。随着网络时代的到来，我们在网上又相遇了，依然是淡淡的，很久不联系。

我抚摸着柳下惠的雕塑，遥望他所在城市的方向，那个拥有五千年文明叫作华夏的地方。相见不如怀念，那个最美的拥抱已经成为永恒，温暖着未来的前程。

生命中只要有一双眼睛肯为我哭泣，就值得我为生命而受苦。珍惜拥有，所有的美好终将会次第绽放！

/ 积雪草

是对手更是朋友

农历新年的前几天,陆晓莲终于拿到了参加工作之后第一个月的薪水,不多,只有区区的一千多块,但是陆晓莲还是兴奋得脸颊通红,心中悄悄地计划着这笔钱的用途。

爷爷老了,在小镇上溜达的时候,就爱揣上个小收音机听听新闻,可是爷爷那个宝贝,却被陆晓莲不小心打烂了,害得爷爷心疼了好多天,这次刚好可以给爷爷买个新的。

爸爸是个出租车司机,因为小镇闭塞人少,生意并不好,天天守在火车站接人,年纪轻轻就落下了个老寒腿,要给爸买条毛裤,要厚厚的暖暖的那种。

给妈妈买点什么呢?陆晓莲想了很久,觉得应该给妈妈买副手套,要羊绒的，柔柔的暖暖的那种，母亲操持家务，到了冬天手上会开裂许多细小的口子。

最后，还要买样东西送给自己，可是自己刚刚来到大城市里，要交房租，要交水电费，所以还是算了，送自己一块西点屋的蛋糕做晚餐也不错。

陆晓莲想了许久，甚至用笔在纸上把心里的计划列了一遍，可是待拿钱出去实现自己的愿望的时候，忽然发现薪水不见了。

工资装在一个信封里，回来后就放在桌子上了，怎么会不见了呢？陆晓莲吓坏了，鼻尖上冒出了细密的小汗珠，几乎快哭出来了，那可是她这个月的生活费以及给爷爷和父母买新年礼物的钱，是她辛辛苦苦一个月的价值体现，弄丢了该有多么糟糕。

陆晓莲把巴掌大的租屋翻了个底朝天，还是一无所获，陆晓莲开始努力回想刚才回来时的每一个细节，最有可能的是丢在办公室，这样一想，陆晓莲有些慌了，办公室是陆晓莲和另外一个名叫柯小敏的女孩共用的，两个人一起进的公司，都在试用期，听说试用期过了，公司只能在两个人中选择其一，所以两个人都在暗中较着劲。

陆晓莲几乎是一路小跑回到公司的，收发室的大爷问她干吗跑得那么急，陆晓莲笑笑，没有来得及说话就冲上了二楼的办公室。

推开门，柯小敏还在，她放下手里的事，抬起头，皱着眉头问她，跑什么啊？着火了？陆晓莲抚着胸口问，有没有看到我放在桌子上的工资袋？柯小敏摇了摇头，说没有，然后又低下头继续做手里的事。

陆晓莲像一只泄了气的皮球，缓缓地退出办公室，回去的路上，陆晓莲一直在自怨自艾，觉得自己真傻，即便柯小敏捡到了，她会还给自己吗？柯小敏巴不得自己早些退出竞争的局面，也少一个对手。

回到租屋里，陆晓莲有气无力地躺在床上，扯过一床被子蒙住头，心想，睡着了就好了，就不用想那些烦心的事情了。

不知过了多久，门外响起了敲门声，陆晓莲起床开门，竟然是柯小敏。陆晓莲怔在那里，冷着脸问她，你来干什么？小敏笑了，说，不欢迎啊？那我走了，不过你的工资袋也别想要了。

陆晓莲的脸色缓和过来。柯小敏解释说，我刚才丢废纸的时候才发现，你的工资袋掉到了桌子旁边的纸篓里，怕你急着用钱，所以赶着给你送过来了。

柯小敏还带来一盒饺子。

陆晓莲笑了，问小敏，怎么突然间对我这么好啊？别指望我会退出竞争，我不会放弃的。

柯小敏也笑了，说，我们只是对手，不是敌人，我就喜欢你这股冲劲，我也不会放弃的。

两个月之后，公司宣布了留用名单，那个人就是陆晓莲。陆晓莲得意地看着小敏，笑颜如花。下班后，陆晓莲兴奋地跑到街上的公用电话厅给爸妈打电话，告诉爸妈自己被留用的事，然后回到屋里，不知干点什么好，随便拉开抽屉，拿出一本书，躺在床上翻看，忽然书里掉出一样东西，竟然是陆晓莲第一个月发的薪水袋。陆晓莲一下子懵了，原来自己的薪水从来就没有丢过，肯定是那天，自己把薪水袋夹到书里的。

想起柯小敏，陆晓莲的内心里涌起了莫名的温暖和感动，今天是小敏最后一天在公司里上班，不知她走了没有。想到这里，陆晓莲抓起一件外套，匆忙跑回公司。

推开门，柯小敏正在收拾东西准备离开，陆晓莲从一堆杂物中抬起头来问她，又丢了什么东西？

陆晓莲气喘吁吁地说，什么都没丢，就是想抱抱你，可以吗？

柯小敏脸上的笑容一点一点地绽开，陆晓莲也笑了，跑过去，两个女孩紧紧地拥在一起。

加州的天空没有雨

\ 张秀芝

火车刚一开动,外面便开始下雨了,这雨让坐在车内的芬妮有些不安,她希望到达加州时,天空能够放晴,那样的话,自己跟父亲会面时的气氛将会显得更加愉快些。

这次能去见父亲,对于芬妮来说,真是一件不太容易的事情——在她六岁大时,母亲便跟父亲离了婚,理由是父亲是一个不负责的男人,根本不配当一个父亲。但芬妮不这么看,特别是在与父亲分别了十年后,她越发地想念起他了。"一到你爸那,就赶紧给我打电话,在路上不要吃别人给的东西,不要让陌生人靠近你……"临行前,母亲反反复复的唠叨,曾让芬妮头疼不已,但好在最终她赢了,母亲做出了让步,同意她独自去见父亲。

车厢内的乘客不多,芬妮很快便发现在对面不远处的一个座位上,坐着一个跟自己年龄相仿的男生。他正在看着自己,芬妮的脸一下子红了,实话实说,对方是一个帅气英俊的小伙子,很高、很瘦,眼睛湛蓝色的,让人感觉好亲切和温暖。

出于礼貌,芬妮对他笑了笑,但随后她便后悔了起来,因为那个男生竟朝自己走了过来:"嗨,我是迈克,看你好半天,觉得应该过来打个招呼,你叫什么名字?"

芬妮一下子尴尬极了,她紧咬嘴唇,不做回应,恨不得马上钻进地缝里。

"我想我是忘了要声明一下,其实,我并没有恶意和非分之想,只是觉得我们可以互相认识一下,如果你不愿意,那么就算了吧。"迈克耸了耸肩,自我圆场道。

还是没有回应,就在迈克转身打算离去时,芬妮突然拉住了他,然后打起了手势:"我叫芬妮……"

迈克好奇地看着她,眼里全是迷茫,他根本没想到眼前这位漂亮的女生竟然是……对,竟然是一个聋哑人。

慢慢地,迈克退回到自己的座位上,但眼睛依然时不时地朝芬妮这边看,这让芬妮更加无地自容:"好了,他一定会跟自己的朋友说起这件事——在火车上见到一个小怪物!"

此时,芬妮才想起了妈妈反对她来见爸爸的理由:"你爸爸根本不会手语,更不像你我一样,能读懂唇语!你去加州,只能遭遇到尴尬和耻辱,你们根本没法交流,无论你想表达自己有多么的爱他,他都无法知道……"

越想芬妮越后悔,她甚至想在下一站提前下车,然后回到妈妈的身边，免得再次出现像刚才的那一幕。

在这样的胡思乱想中，芬妮竟慢慢地睡着了。等她醒来后，发现胳膊旁有一张纸条："对面的姑娘，对于刚才的失礼，我感到非常的抱歉，我只是未料到而已。不过，我曾见过你打的手语，而且我非常想学，你能教我一些吗？——希望和你成为朋友的迈克。"

芬妮抬头一看，迈克正朝自己露出温暖的微笑，她马上拿出纸和笔来，给迈克回了一张纸条："我能读懂唇语，当你想跟我说话时，请面对着我的眼睛，我能明白你在说些什么。—— 很愿意和你成为朋友的芬妮！"

他们成了朋友。在随后的几个小时里，芬妮教会了迈克很多基本手语，他们很快便能进行愉快地交流了。

临近黄昏时分，火车终于准时到达了加州，芬妮急不可耐地去搜寻父亲的身影。这些年，她跟父亲每年都互寄近照，因此对彼此的身影并不陌生。

很快，芬妮便看到了父亲，她开始使劲地朝父亲招手，然后父亲也看到了她。紧接着，芬妮惊讶地发现父亲正在给自己做手语，内容是："欢迎你，芬妮，我日夜思念的宝贝！"

芬妮高兴极了，之前的所有顾虑消失得无影无踪，她快步走下车，一下冲进了父亲的怀抱。

聋哑男孩的舞伴

\ 麦秸

有这样一位母亲，儿子先天聋哑。

一天，五岁的儿子，指着电视上的《跟我学跳拉丁舞》，对她"说"：妈妈，我要跳拉丁舞！

她知道：市少年宫有一家知名的少儿拉丁舞学校。不但学费昂贵，且许多健康孩子都很难进去。但看到儿子渴慕的眼神，她决定隐瞒实情，带儿子去"鱼目混珠"，试试看。不料，主考老师一摸孩子的骨骼，身架，直夸是个好苗子，阴差阳错地收下了。她急切地卖掉家里的房子，交了学费。和儿子在学校附近，租了个车棚栖身。一面帮人擦皮鞋维持生计，一面接送儿子上下学。

可几天后，事情就穿帮了。但在母亲的苦苦哀求下，善良的老师没有嫌弃孩子。而是单独给他开小灶，面对面用肢体语言指导他。儿子很懂事，知道这机会来之不易，亦学得很刻苦，练得很努力。

五年后，"国际少年国标舞大赛"在哈尔滨举行。儿子和小舞伴，在层层选拔赛中，以优秀的表现，直接拿到了大赛入场券。然而，就在大赛前两小时，舞伴扭伤了脚。这就意味着，儿子也将无缘于大赛。

"这会让孩子多伤心、多失望啊？"母亲揪心地看着排练室里，不停跳着、扭着，毫不知情的儿子，对老师说："咱们能不能先别告诉他。想办法另找个舞伴？"

开场大舞结束后，老师物色到了一个般配的女舞伴。可是，听说做聋哑人的舞伴，女孩一口拒绝了。母亲影子一样跟在女孩左右，几番说服不成后，恳求说："小姑娘，我请你抽点时间，去看他排练好吗？如果你觉得他跳得不好，我决不勉强。"女孩烦不胜烦，来到排练房，看到镜子前那个男孩，挥汗如雨，物我两忘投入练习的样子，深深地感动了，同意做他的舞伴。

谁也没想到，两个孩子竟一路过关斩将，最终拿到了少年组冠军。看到孩子自信地站在领奖台上，母亲开心地哭了。而当所有镁光灯，对着孩子时，孩子飞快地跑向后台，将母亲、老师，拽到台中央，和女舞伴站成一排面对观众，他自己转过身，深深地，深深地，对他们鞠了一躬。

你知道怎样爱自己的老师吗

/ 许道军

我七岁入学
那年9月1日
我揣着两角钱去河铺小学报到 十分紧张
跟着大伙在报名的窗口挤来挤去
轮到我时 差不多没有人了

我七岁入学。那年9月1日,我揣着两角钱去河铺小学报到,十分紧张。跟着大伙在报名的窗口挤来挤去,轮到我时,差不多没有人了。近前一看,是二哥许道根,立即放松了。二哥问:"有名字吗?"我说,没有。他就给我取名了,"许"是必须的,"道"是辈分,现成的;小名中有个"军"(或者是"君"?),也是现成的。事就这样成了。我从此就是那个叫许道军的人。

许道根是接我入学的第一位老师,理应是生命中最重要的一位老师。但我总是感觉不到他的重要性和特殊性,在以后的几十年里,喝酒打牌,从没有让过他,相反,在上学的时候,一直拿捏不住分寸。比如,在学校里,我喊他"二哥",回许洼了,我又喊他"许老师",整整喊了十几年,直到我参加工作。为什么这样,或许他从没有打过我的原因吧。关于河铺小学的记忆,我所记住的老师,所感恩的老师,都跟"打"有关,比如何老师、韩老师、江老师等,这从何说起呢?关于他们,我另有两篇文章写到,此处不叙。

我为什么如此怀念和依恋他们?我想我是在怀念一种纯粹的师生关系。那个时候,学生是可以打的,因为学生一旦交到老师的手里,责任与权利一并让渡。师徒如父子,我们信任他们如同信任我们的父母。而老师也知道自己的责任,他们教学生认字、数数只是一个方面,教学生做人、替学生做主似乎是更大责任。我看到很多老师,在学生毕业后,还在为他们操心,做媒说媳妇找婆家,替小家庭和解主持公道,替学生的儿子取名等。老师打学生天经地义,相反学生也是可以打老师的。学生打老师,老师也不告状,学生还沾沾自喜,这其中的逻辑大约跟"儿子打老子"一样吧,天底下这样的事多了去。这样的事我见过几例,结局都无比感人,这样的学生都成了老师终身的"钢粉",不离不弃。我想,"被打",也是一种教育方式吧,譬如佛祖舍身饲虎、以筏渡人。

在以后的几十年里,我断断续续上了许多学校,每一个学校,每一位老师,我都感恩。在提到下面的老师之前,我要提一提齐平师姐。我和朋友考上西北师大后,心里有点郁郁寡欢,因为这个以"西北"开头的师范大学,居然连"211"都不是(而其他,差不多都是),我们考了那么高的分,屈才呢。齐平师姐带着我们逛校园的时候,热情洋溢(已经是二年级了),兴奋之极,她像小孩一样告诉我:西北师大是她上过的最大的大学!那一刻,我心结顿开,是啊,田铺中学比河浦小学大,信阳师范比田铺中学大,郑州市教育学院比信阳师范大,而西北师大,要比郑州市教育学院大得多。1988年冬季,我寒假回家告诉奶奶,西北师大有一千多人呢,比我们整个大队的人都要多。我奶奶惊讶不已,无法想象天底下竟有这么大的去处。我也要感恩呢,我上的学,一个比一个大,遇到的老师,也差不多一个比一个有学问。

在西北师大里,我遇到了一大批好老师、好同学,这里要提到的是我的导师张明廉先生,我会终身以他为荣。这么说并不是套话,因为所有的学位论文后记里都这么说。我要说的是,很多本导硕导可以不必这么说,包括现在的我(我也是硕导啦)——因为我现在还到不了那个修为火候。幸亏我是有悟性的人,到毕业的时候,我及时理解了我的老师。看过我硕士论文后记的人都记得那句话:"以后我的学生待我比我待我师更恶劣十分,我也当坦然面对,以己度人。"在很早的时候,我就想好好念书,好好做学问,出人头地,回报那些帮助我的老师,比如叶其文、李洱、耿占春、王鸿生等人,他们也的确关注我的进步。在高校任教后,我模仿和学习更多的是他们,如果我理解没有错的话:付出、奉献,帮助学生成长和看着学生成长,这是最大的责任,也是最大的快乐。

这样就是爱自己的老师，回报自己的老师吗？

2013年1月，我们的师爷曾华鹏先生去世了，一连好多天，葛红兵老师陷入极大的沉痛之中，这种打击我们在2007年许志英先生去世时经历过一次，但这次还不一样。在去扬州和回扬州的路上，葛老师都给我写了好多个短信，他的痛苦与低落让我震惊。他说：道军，你要好好保重自己的身体，将来我和你师母老了，你要好好待我们。我记得以前他这样说过，师徒是一辈子的事情，师徒共命运。还记得他这样说：我们师徒要一起做事情，做创意写作，把创意写作当作自己的职业、事业和志业；还说，我们虽然是师徒，但也是同道中人，联结我们的是事业，是信念；他说，我们一起做事，坦坦荡荡，光明正大；他还说，你是我学生，所以要提醒我，也可以批评我……但是这次，葛老师这么说。

是的，老师也会老的，你也会老的，你记得这个事实吗？你跨越"获取"这个阶段，懂得"回报社会"，这已经足以让老师欣慰，但还是不够：师生的缘分总是有时间长度的，你学会珍惜和体会了吗？

我真的那么忙吗

/ 积雪草

结婚以后 有了自己的小家
就很少回父母家里
其实回家 坐公车才两站路
走一走也无非十几分钟
可是我却很少回去

结婚以后，有了自己的小家，就很少回父母家里。其实回家，坐公车才两站路，走一走也无非十几分钟，可是我却很少回去。每次老妈打电话来抗议，我就厚着脸皮跟老妈耍赖，我的一贯借口是："妈，这一段我很忙呢，等过了这一段时间，回家看您。"

像那个狼来了的孩子，说的次数多了，老妈也开始不信，因此常常打电话骚扰我。平常花点钱，她老人家会心疼，可是打电话却从不怕花钱，用她的话说，是为通讯事业做点贡献。逮不着我，就在电话那头数落，我不敢回言，怕岔开了话题，老妈一路顺藤摸瓜，还不知要绕到哪里去。于是佯装听得认真仔细，其实手里依旧不停地做着自己的事儿。

我真的那么忙吗？忙到没有时间回一趟家，忙到没有时间静下心来听听老妈的电话？连我自己都说不清楚，生活在红尘中的人，哪一个又不是如工蚁一般忙忙碌碌，一刻不停地在城市里奔来奔去，陪上司应酬，和同事晚餐，和朋友喝茶，似乎哪一样都比陪父母说几句话来得重要，总觉得不能拂了别人的情面，总觉得父母是自己人，不会生气，会有很多时间在一起，所以总是一推再推。

有时候老爸老妈吵架，老妈会在电话中跟我诉苦，让我断个孰是孰非，有道是清官难断家务事，更何况我不是什么清官，只是为人女，批评老妈两句，她说我偏袒了老爸，批评老爸几句，老爸坐在那儿一声不吭，倒让我不忍心。要说一碗水端平，谈何容易，索性装聋作哑，或者找个借口，柔声细语地说，妈，我还有事儿，挂了电话，溜之大吉。

偶尔回一次父母家里，父母也必是十分隆重，仿佛远道来的客，杀鸡宰鱼，煎炒烹炸，十八般武艺和绝活统统亮开，忙得不亦乐乎。然后非常满足地看着我，没心没肺地大快朵颐，似乎我吃得越多，他们就越有成就感。看着我风卷残云之后，抹着嘴打着饱嗝逃之夭夭。当然借口还是那句老话："妈，我还有事，哪天再回来看您。"

天啊，这哪里是回来看父母，简直就是鬼子进村，又吃又拿，然后心安理得地溜之乎也。可是父母并不恼，相反却用温暖的眼神和温柔的话语鼓励我。

当然，老妈偶尔也会犯点小错，有一次正忙得脚打后脑勺，老妈打电话来，要我回家一趟，说她有点不舒服，于是良心发现，匆忙打车赶回家里。

老妈没想到我能回来得这么快，正端坐在床上啃苹果，大约是得意自己小小计谋的得逞，所以脸上有很深的笑容。听见我的开门声，老妈立即卧在床上假装很难受的样子，可是脸上的笑容出卖了她，脸上残留的淡淡笑意，并不配合她现在的动作，所以被我一眼看穿。

我生气地对老妈嚷嚷："您都多大人了，还玩这么幼稚的游戏，您知不知道我很忙，还有很多事没做呢！"念老妈是初犯，所以只做了警告处分，下不为例。

其实我真的有那么忙吗？忙得没有时间回家一趟，这个世界上少了我，好像地球就不转了，以至于使老妈采取了如此极端的方法。

老妈像一个犯了错误的小孩子，低着头，嘟囔了半天才小声说："我只是想看看你好不好。"

我愣在那儿，一句话说不出来。

忽然发现，在长长的一生中，我们留下了几许的时光给关爱我们的父母呢？老妈只是想看看我，这么简单的愿望，我都不能让她如意，并且还站在这儿，冷着脸训斥她，我这是怎么了？是忙忙碌碌的生活磨钝了我的心吗？是红尘里太多的欲望使我的情感世界蒙上了灰尘？

我看着老妈，忽然觉得眼睛酸涩难抑，喉咙发紧，我很难过，父母老了，他们的生活和愿望都很简单，他们只希望儿女们过得好，希望能常常和我说几句话，知道我过得好不好，或者看我一眼就心满意足了。而我又做了什么呢？手心向上，无度地索取，仿佛父母之爱取之不竭，甚至没有耐心静下心来听听他们想要说什么。

我的眼睛渐渐潮湿起来，低着头，不敢看老妈，临走时，仍然说了那句："我还有事，有时间再来看您。"看来惯性思维真的很可怕，对父母说这句话已成了习惯，亏不亏心啊！在父母跟前，赖吃赖喝，耍赖到底，吃饱了喝足了就踪影全无，全然不顾及他们的感受。

忽然有一天，老妈打电话来，说老爸住院了，吓了我一跳，放下电话匆忙赶到医院，原来老爸是在医院做阑尾切除手术。老爸看到我来，笑道，你那么忙，来干吗？我没事的。

我有点想哭的冲动，忙说，我不忙。看着老爸已经霜白的鬓角，一向无神论的我，忽然觉得应该谢天谢地，幸好只是一场阑尾手术，如果子欲养而亲不在，那是怎样的境地？那是心灵深处永远无法弥补的缺憾。

这件事给了我深深的触动，父母爱儿女，爱得简单而厚重；而儿女爱父母，爱得潦草，总以为会有很多时间在一起。

我真的是全世界最忙的那个人吗？当然不是。让我们在还来得及的时候，为父母做自己想做的事儿，哪怕是一件。我告诫自己，以后的日子里，无论多忙，都会拿出一点时间回家看看父母，或者给父母打个电话，报个平安。

/积雪草

亲父子明算账

  二十四岁那年,他大学毕业,豪情满怀地对父亲说,以后您老人家就不用再做豆腐了,等着跟我享清福吧!父亲一边捡着黄豆,一边笑,说,等你挣到钱了再来跟我说这样的话也不迟。他有些不大高兴,说,您老人家是瞧不起我吧?放心吧,您儿子肯定能行的。
  年轻人都有些好高骛远,他也不例外,东挪西借,凑了十万块钱,办了一间制造绿色环保制冷剂的小公司,由于没有经验,找不到销路,管理不善等诸多原因,他的小公司仅仅维持了六个月就资不抵债了,曾经借过钱的那些人,听说他维持不下去了,纷纷跑来跟他要钱,十万块钱对于一个都市白领来说,也就一两年的工资,可是对于他来说却不是一个小数目，他愁得一宿一宿睡不着觉，甚至走进了死胡同里，思绪纷乱地胡思乱想着，想一走了之，可是又怕那些人不会放过父母，父母年龄大了，经不起折腾。想一死了之，可是父母辛辛苦苦把自己养这么大，就是为了换来这样一个结果吗？

他左思右想，唯一的办法就是跟父母要钱渡过眼前这个难关。把自己的意思跟父亲说了，父亲把眼睛瞪得比铜铃还大，我一个做豆腐的哪有那么多钱借给你？再说了，就算我有钱也不会给你，我还要攒点钱做棺材。

这是他意料中的结果，所以也没有太多的失望，是的，父亲只是一个做豆腐的，他拿什么替他填上这么大的亏空？

那段时间，他消沉得很厉害，整天无所事事地跟一帮小哥们在街上瞎混，打打台球，甚至打打麻将，有跟他要债的，他拿出一副死猪不怕开水烫的样子对人家说，我知道欠钱还钱，天经地义，可是我现在没钱，要命一条，喜欢就拿去吧。

这样的日子过了好几个月，终于厌烦了，有一天早晨起床后，他的本意是想对父母说，自己想去省城散散心，顺便找找大学同学，寻个出路，谁知刚一张口，说了"我想"两个字，就被父亲堵了回来，父亲说，我知道你想什么，要钱是吧？我的钱都是辛辛苦苦一分一毛攒下来的，给你可以，不过你要给我打张欠条，亲兄弟明算账，我们是父子也不例外，你将来挣到钱，要把我的钱还给我。

这回轮到他把眼睛瞪得像铜铃那么大，觉得父亲太不可思议了，简直是老糊涂了，也太狠了点，把他往绝路上逼。从小到大，吃的穿的用的，念书上学，凡是与钱有关的，只要是合情合理的花费，父亲从来没有难为过他，可是现在，自己遇到了困难，需要点钱，父亲竟然要他打欠条，这不是摆明的信不过自己吗？他觉得受到了屈辱，没好气地对父亲说，你信不过我，可以不给我钱，我不会给你打欠条的，打了欠条，我们还是父子吗？

父亲笑了，说，我知道你不敢给我打欠条，你是怕还不上这笔钱。已经走到门口的他，又转回头，看了父亲一眼，然后从台历上撕下一页，在背面郑重地写下欠条两个字，写上数额和日期，最后郑重地落上父母给的大名，父亲看了看欠条，得意地笑了，说，我等着你还我的钱，过期还不上，利息加倍，到时你别骂我是黄世仁啊！最后，父亲还补充了一句让他心疼不已的话，父亲说，你再回来的时候，我希望你是送钱回来的，否则别再踏进这个家门半步。他的心撕裂那般疼，父亲在他的眼里，是一个慈爱的没有多少主见的人，什么时候变得眼睛里只有钱了呢？他也不含糊，掷地有声地说，还不上您的钱，我就不回来见您。他转身走的时候，看见母亲在门后悄悄地用衣袖擦着眼睛。

后来，他把那笔钱，继续投入到那个绿色环保制冷剂的小公司，脚踏实地做起，起早贪黑，搞市场调查，跑省城找专家咨询，吃住都和工人在一起，功夫不负苦心人，小公司终于一点、一点有了起色。

一年之后，他终于挣到了还给父亲的那笔钱，回家的时候，他特地换了一套新买的西装，站在家门口，竟然有些忐忑，一年不见，不知父母变老了没有。抬手敲了门，出来开门的竟然是一个不认识的女人，她撇着嘴说，你问做豆腐的老张啊？他把这房子卖给我了，听说他有一个败家的儿子，欠了人家的钱，被人追得东躲西藏，他一个做豆腐的，又没什么本事，所以只好把房子卖了。

他呆愣在那里，半天没有回过神来，脸色由红转白，原本以为父亲的眼睛里只有钱，生生地逼自己写下那张欠条，却从没有想到，父母那么大年龄的人，竟然为了这张欠条过起了颠沛流离的生活，他忽然明白了，父亲不是为了要这张欠条，也不是为了要这笔钱，父亲让他还这笔钱，是为了让他从哪里摔倒的再从哪里爬起来。

站在旧家的门前，他的眼睛终于泪湿。

一双丑鞋缔造的传奇

/ 马晓伟

如今UGG的鼎鼎大名可谓人人皆知
作为一双时尚名鞋
它频频亮相于时尚杂志和T台之上
它不仅是街头潮人的最爱
更是明星大腕们的宠儿

如今，UGG的鼎鼎大名可谓人人皆知。作为一双时尚名鞋，它频频亮相于时尚杂志和T台之上，它不仅是街头潮人的最爱，更是明星大腕们的宠儿。

UGG，英文意为"丑陋的鞋子"。它丑得名副其实，灰不溜秋、粗大蠢笨，就像把一块羊皮裹在脚上后简单缝制而成……但如此丑鞋何以掀起一股席卷全球的时尚浪潮？这要从头说起。

UGG原产自澳大利亚，后为美国德克斯户外用品公司所有。它是由带毛的羊皮精制而成，有着异乎寻常的透气性能和保暖性能。夏天靴子是凉爽的，到了冬天则保暖，加之宽松柔软，令脚特别舒适。因此，UGG深得冲浪爱好者们的青睐。但除了这一小撮冲浪爱好者，其余鲜有人问津这种肥大笨重的雪地靴。

1999年，UGG的年销量仅为三万双。年终总结会上，德克斯户外用品公司CEO史克文认为，以UGG出众的保暖性、舒适性和舒适度，理应得到更多人的认可！这时，有人一针见血地指出，导致UGG滞销的原因是缺乏必要的产品宣传。于是，大家纷纷建议大量投放电视、地铁、杂志等媒体广告。但那将是一笔巨大的开销。对于他们这个名不见经传的小公司而言，似乎有点儿不现实。既要进行营销推广，又没有充足的资金，这可怎么办呢？会场顿时陷入了一片沉默。

"Good！"忽然，史克文拍案狂喜。众人还没晃过神来时，他已着手将两双UGG打包邮寄，收货人是著名女星帕米拉·安德森和其小女儿安妮。眼前的情景令所有人一头雾水。帕米拉可是当红影星，她因主演《海滩护卫队》而炙手可热，史克文把鞋寄给她干什么呢？……

两天后，联邦快递员摁响了帕米拉家的门铃。安妮蹦蹦跳跳地打开门，接过意外的礼物，打开后发现是两双雪地靴。她立马穿上了自己的那双，舒适的穿着效果令她爱不释"脚"。此时，帕米拉正打算陪同安妮去游乐场，为了和女儿搭配亲子装，她也尝试着穿上了UGG。而UGG则像被施了魔咒般，帕米拉穿上后就脱不下来了。此后，不管是出入片场，还是逛街游玩，抑或参加晚会派对，帕米拉都与UGG形影不离。这些场面有的被狗仔们偷拍下来，频频刊登在网络和八卦杂志上，更多的则通过镜头传递到了千家万户。

直到这时，史克文的属下们才如梦初醒，他们纷纷为史克文的妙策所折服。而史克文见"贿赂"帕米拉如此卓有成效，于是继续"撒网"，目标"猎物"是全美所有明星！

没几天，美国"脱口秀女王"奥普拉·温弗瑞也收到了一双UGG，其令奥普拉喜欢不已。她在娱乐节目"奥普拉的最爱"中向观众隆重推介了时尚保暖靴——UGG。不仅如此，她还订购了350双UGG赠送给朋友们。

紧接着，卡梅隆、斯皮尔伯格、格温妮斯、莱昂纳多……几乎全美影视大腕人人一双。这群人是上帝的宠儿，是聚光灯的焦点，更是无数狗仔追拍的对象，UGG随着他们频频亮相于各种场合。这惹得无数粉丝和普通人疯狂跟风，他们"咚咚"地踢着UGG招摇于街头，并引以为傲。仿佛一夜之间，UGG如同一股流行风暴，以锐不可挡之势席卷欧美，并迅速蔓延至全球。至此，在世人的眼里，丑鞋UGG不再丑了。相反，它与高端时尚名品划上了等号，成为拥有者地位和品位的象征。

史克文赠送给明星的数百双UGG，与同类产品动辄上亿元的巨额广告费相比，实在是微乎其微，但其却缔造了一个品牌的传奇，收到了惊人的效果。所以，若国内某鞋销路难以打开时，我建议不妨给蔡依林寄去一双。

我知道你会微笑的

梁阁亭：上天不忍心他们输
张颖异：皱纹长在哪里才算老
牧徐徐：战火中的"成年浴"
马晓伟：烘干受潮的心灵

上天不忍心他们输

\ 梁阁亭

  1983年，纽约大学电影导演专业硕士毕业的他，没有机会接拍一部自己导演的电影，只能在剧组打杂，做一些诸如看管道具、场务、编辑助理等没有太多技术含量的活，但就是这样一些没有技术含量的事，他也无比认真地去做，绝不允许自己出半点差错。有段时间，连打杂的事也没得做。他就认真地做一名"宅男"，每天除了在家里大量阅读、大量看片、埋头写剧本以外，还包揽了所有家务，负责买菜、做饭、带孩子，认真地将家里收拾得干干净净。每到傍晚做完晚饭后，他就和儿子一起兴奋地等待"英勇的猎人妈妈带着猎物回家"。等后来有机会做了导演，他认真、敬业的态度让人仰视。他老是心揪着，脸发黑，血压、神经、胆固醇等内分泌全乱了套，跟腱炎加上心悸一起爆发。睡觉时身体会放电，四肢充血，醒睡换档之间会暂停呼吸。人常被吓醒不说，每逢夜晚即如临大敌，经常睡眠失调，有时整晚无法入睡直到晨曦微露，坐在窗前看到日出，眼泪就不由自主地流下来，人很沮丧，心神无法控制。

正是认真成就了他。2006年，凭借《断背山》，他获得"奥斯卡最佳导演奖"；2013年2月24日，凭借《少年派的奇幻漂流》，他第二次获得"奥斯卡最佳导演奖"。他就是李安。台湾著名主持人蔡康永说过："李安的经历让你看到从构想到实现之间，要克服多少困难。是他的认真、他的坚持，让老天不忍心让他输。"

同样是1983年，他在一部热播的武侠电视剧里扮演一个可以忽略不计的小角色"宋兵乙"，只有两个一晃而过、不到一秒的镜头。有一场戏中，被献给梅超风一掌打死。演出前，他主动跟副导演商量，可不可以用手挡一下九阴白骨爪，第二掌再死。导演责骂他占用时间太长，但被拍死的一瞬间，他还是极其认真琢磨不一样的死法，在受到掌击的时候面部显露出一个合理的反应动作。尽管没人在意，但他还是这么做了。他不认为自己是一个"天才式"的演员，而是需要用认真和勤奋成就自己。在电影《喜剧之王》中，他扮演的主人公尹天仇对着大海的波涛高喊："努力！奋斗！！"

他就是周星驰。在电影拍摄时，周星驰碰到他认为不合适的地方，都会直接干预，曾经有几位导演与他情谊决裂，都是因为他在现场与导演想法不同，会当众改戏，直至翻脸。演戏认真，拍戏也是如此。在他自己执导的电影中，从筹划、剧本创作、美术、特效、武术指导，到后期制作、混录，事无巨细，他都会介入。尽管新片的3D特效评价不一，但他在当前国内特技制作水平之下，为了"片中出现的猩猩捶打胸部的声音不够像动物"这样的细节也会去花费大量功夫。他的助理形容他"连一根牙签掉到地上也会管"。正是因为认真，他说自己平时不好吃喝，无心时事，也很少旅行，全部的生活都专注于电影；正是因为认真，上映仅二十多天，周星驰执导的《西游降魔篇》最新票房突破11亿。

　　李嘉诚十四岁那年，一位会看相的同乡对他母亲说："你儿子眼眸无神，骨柴瘦弱，未来恐难成大器。他安分守己，终日乾乾，勉强谋生是可以的，但飞黄腾达，恐怕没有他的福分！"那时，李嘉诚的母亲刚刚失去丈夫不久，这番话令她十分心酸，但她把失望放在一旁，安慰和鼓励儿子说："阿诚！天命难算，上天一定会厚待善良、认真、努力的人。"李嘉诚重重地点点头。他毅然中断学业，开始用自己稚嫩的肩膀，毅然挑起赡养慈母、抚育弟妹的重担。茶楼跑堂、钟表装配工、五金厂推销员，开始的几年，很苦很累，但李嘉诚不去抱怨，坦然接受命运给予的磨难，用积极认真的人生态度，在逆境活出了自我："只要认真做事，永不止步，我们的成就可以超乎自己所想象的。人，第一要有志，第二要有识，第三要有恒，则断不甘为下流。"天道酬勤，1999年，七十一岁的李嘉诚成为亚洲首富。

　　认真二字值千金，认真的人，上天也不忍心他们去输。命运全在搏击，奋斗就是希望。失败只有一种，那就是放弃努力。

皱纹长在哪里才算老

/ 张颖昇

我的导师叶教授是个很有意思的老太太
她原来是下乡知青
当恢复高考制度的时候
她已经三十岁了
已经是两个孩子的母亲了

我的导师叶教授是个很有意思的老太太。

她原来是下乡知青，当恢复高考制度的时候，她已经三十岁了，已经是两个孩子的母亲了。当时她在一家街道工厂里上班，听说她要去考大学，很多工友都笑了，觉得她那么大年龄了，去考什么大学，真是异想天开。

她不管这么多嘲讽，认真地复习，当年，她考上了本地的一所师范学院，毕业后，分到县城一个事业单位坐办公室。

那个单位很好，工作稳定，福利也好，上班的时候，就是喝茶、聊家常，很多女同事把毛线活拿到单位打。东家长西家短，数落着自家的婆婆或者小姑子，就这样，一天天的时间打发出去了。

她觉得这样浪费时间怪可惜的，于是，就把考研的课本拿到单位去看。她晚上回去实在是没时间，因为大孩子已经快小学毕业考初中了，她要辅导孩子的功课，还要做家务。她只能合理利用好上班时候的大把空闲时间。

同事见她已经三十六岁了，还准备报考研究生，都觉得很荒唐："你真是不服老啊，都三十六了，还准备去和那些小青年一样读书去啊？"她认真地说："我觉得自己还很年轻啊，我要趁着年轻多学些知识，不能就这么荒废时间。"旁边有个男同事说道："你还得上班，还得照顾家庭，再说，你确实快奔四十的人了，人到中年了，还学什么习啊！再过十多年，你就做奶奶了。"她笑笑，没说话，继续看她的书。那阶段，大家都说她脑子有毛病，异想天开，大学都不是好考的，研究生更难考。都说她简直是瞎折腾。

她不管这些，继续努力地学习，第一年，没有考上，第二年，女儿已经读初中了，上了所重点中学。晚上，母女俩一起学习。

这一年，她以优异的成绩考上了研究生。

研究生毕业后，因为成绩优异，她被留到学校任教了。丈夫作为家属，被学校调到后勤处工作。于是，他们全家从县城到了上海。孩子在学校的附属中学读书。

工作几年后，叶老师熟悉了教学，她又不安分起来，想考博士，于是，在她四十三岁那年，她报考了博士研究生的考试，与她一起坐在考场的，还有她的一个学生。作为老师，和自己的学生一起去考博，成为了学校的一段佳话。

博士顺利考上，毕业后，她又回到以前的大学工作。

现在，她已经是博士生导师了，虽然去年退休了，但是，因为教学质量高，身体好，更重要的是心态很年轻，学校返聘她，依然让她带博士研究生。

前几年，她参加了一个画展后，居然一门心思地想学国画。于是，她就去书画院拜了一个国画名家做老师，几年下来，居然画了一手好画，并且在国内得过几次大奖。

今年教师节，我们同学拜望她的时候，有个女生很冒失地说："叶教授，你怎么一点不服老啊，快六十岁的时候，还去学国画。"

叶教授笑眯眯地说："我就是不服老，虽然我是长了很多皱纹了，但是，皱纹长在脸上不算老，只有长在心里才算老。"

老师的话赢得了大家的掌声。是的，她能从一个街道工厂的女工成为著名高校的博士生导师，不正是因为她的心中从来不长皱纹吗？

从此，不管是工作还是学习，我们都充满了激情，因为我们牢牢记住了叶教授的那句话，皱纹长在心里才算老。

/ 牧徐徐

战火中的"成年浴"

奥列格是"二战"时苏军的一位大尉，1942年4月的一天，他奉命带领一个排，向伏尔加河左岸的一小股纳粹德军发起突围反攻。可遗憾的是反攻最终失败了——他和另外三名幸存下来的士兵，被德军围困在一栋三层高的房子里，进退皆两难。

让奥列格没想到的是，这栋易守难攻的房子里居然还住着一个人——十七岁的美丽少女莉娜，莉娜的家人全死于德军的炮火，无依无靠的她每天都生活在恐惧、孤单和绝望中。

奥列格等人的到来，让莉娜感到了一丝安慰，但同时也让自己处于德军的包围和监视之中——就连到屋外的一处水龙头那取水,也要小心被德军击中。

但这一些并没吓倒莉娜,她和奥列格等人的关系变得越来越亲近,几个男人也像父亲、兄长一般呵护着莉娜,在没任务时,还会轮流教莉娜如何使用枪支,在炮火纷飞的险境如何自保……莉娜也会替他们烧烧开水,缝补些衣物,甚至开口为他们歌唱,她比以前开朗了许多,觉得自己又有了一个家。

围困依然在持续,十天后的一个偶然,奥列格看到了莉娜的户口簿,从而得知两天后,将是她十八岁的生日。

十八岁,对于一个女孩来说非同寻常,意味着她将正式成年。因此,奥列格等人想为莉娜举行一个"成人仪式",为她送上一份像样的成年生日礼物。

可是,他们除了有几袋压缩饼干外,一无所有,直到奥列格从望远镜里,发现对面房子里有一个难得的"好东西",几个人经过商议后,决定一起过去将其弄回来,送给莉娜。

可这需要冒着极大的生命危险,德军的机枪随时会扫射到他们,但几个男人顾不了这些,他们一边还击,一边左躲又闪地朝对面房子里猛冲。那是他们自被围困以来所进行的一次最艰难、最激烈的战斗,子弹几乎都打光了。

幸运的是,最终他们成功了,四个人合力将那个"神秘礼物"扛了回来。

生日的那天晚上,在吃完了用压缩饼干做成的"生日蛋糕"后,莉娜被男人们绅士般地邀请到二层的里屋。之后,奥列格拉开了一个布帘子,一个冒着热气,盛满着热水的大浴缸瞬间出现在莉娜的面前!

不错,奥列格等人要送给莉娜的生日礼物就是这个大浴缸!由于战争以及德军长久以来的封锁，莉娜已经有一个多月没洗过澡了，更别说在浴缸里泡澡了。于是，他们想着无论如何，得让她洗一回澡，干干净净地迎来自己的十八岁！

莉娜不知道的还有，当弄回了那个浴缸后，几个人将它反复地洗了又洗，擦了又擦，直到洁净如新，深怕里面有一丝的污垢沾染到女孩的身上，然后又冒险拎回了一桶桶水……

莉娜羞涩、激动地走向那个浴缸，男人们立即转过身去、拉上布帘，随后整齐地将手中的钢枪子弹上膛——他们要为纯洁的莉娜站岗，不让任何人打扰到这位苦难少女的"成年浴"！

……

几天后，德军知道了奥列格等人已经没有足够的子弹了，于是对这栋房子发起了总攻，奥列格等人拼死将莉娜护送了出去，而他们自己却全部牺牲了。

"哪个花季少女不爱干净呢？即便是在战火纷飞的时代里！是他们用生命成全了我，给了我一份最好、最珍贵的生日礼物。"2014年年初，在接受俄罗斯媒体记者采访时，已快九十岁高龄的莉娜，在讲述完了这一段往事后，这般唏嘘感慨道。

烘干受潮的心灵

\ 马晓伟

1997年，《泰坦尼克号》荣登史上票房第一位的宝座。这让导演詹姆斯·卡梅隆名震寰宇。沉寂数年后，卡梅隆携着《阿凡达》剧本卷土归来。道具、拍摄场地等万事俱备，唯一欠缺的是，男主角还没找到合适的人选。

在卡梅隆看来，男一号的确立关乎影片的成败与否。他打算在世界范围内，进行一次地毯式筛选。于是，2005年1月，科幻巨制《阿凡达》男主角公开选拔赛拉开了帷幕。纽约时代广场上，明星荟萃，大腕云集。作为主考官，卡梅隆问所有人：你是如何应对人生困境的？成千上万份答案中，有这么一个回答：受潮的火柴擦不亮火花。应答者名叫萨姆·沃辛顿，来自澳大利亚，拍过数部影片，反响尚可。

沃辛顿话音刚落，卡梅隆当即拍板，"就你了！"忽然，在场的所有人都蒙了，因为眼前的情景让他们摸不着了头脑。接下来，卡梅隆和沃辛顿当场签订了合约。其余影星都带着疑惑和愤懑，悻悻离去了。对于卡梅隆挑中如此一个名不见经传的黄毛小子，人们纷纷口诛笔伐，争议不断。他的同行们也感到相当的不可思议。投资方甚至公开提出异议，"放着大名鼎鼎的奥兰多·布鲁姆、基努·里维斯、布拉德·皮特不用，你脑袋怕不是被门轴碾了吧？"但在业界，卡梅隆的偏执早已是"臭名昭著"。没多久，影片就投入到紧张的拍摄之中。

2009年底，《阿凡达》上映了。之后，票房一路飙升，三周之内即成了影史第二卖座片！这下，人们终于见识到了萨姆·沃辛顿的非凡演技。一时间，卡梅隆慧眼识珠的本领也传为一段美谈。这时，有记者问他，"是什么让你胆敢起用当时还是新人的沃辛顿？难道仅凭他那一句回答？还有，沃辛顿的答案相当无厘头，您能为我们解释一下吗？""没错！一个有着如此悟性和积极心态的人，才配出演我卡梅隆作品的男一号。至于是什么意思，我想，沃辛顿本人应该比我更清楚。"见询问无果，记者们又一窝蜂地跑到萨姆·沃辛顿那儿去了。沃辛顿听后，会心一笑，解释道：

高中毕业后，我背井离乡，尝尽了人世的艰辛。四处辗转后，我成为了工地上的泥瓦匠。那年冬天的一天，我蜷在地下室里瑟瑟发抖。房间阴冷潮湿，我打算点一打报纸来取暖。但整整一盒火柴都被划断了，也没能点着。忽然，饥寒交迫的我感觉天意弄人。但也就是那一刻，我仿佛听到一个声音在对自己说：沃辛顿，你的心被失意、颓废这些灰暗的情绪濡湿了，赶紧将它烘干！否则，你将永无出头之日。

后来，我一边打工，一边自学起了从小就向往的表演艺术。追寻理想的道路上，荆棘缠绕，风雨如晦。但不管遇到什么，我的内心始终都保持着坚定、乐观和勇敢。因为我知道，火柴一旦受潮后，无论如何都是擦不亮火花的。

一块被嘲笑的"土气比萨饼"

／周牧辰

他出身于一个移居在美国的意大利家庭
父亲靠打零工养活一家人
因为不是地道的美国人
从小他备受同学们的嘲讽和歧视
大家都叫他"意大利佬"

他出身于一个移居在美国的意大利家庭，父亲靠打零工养活一家人。因为不是地道的美国人，从小他备受同学们的嘲讽和歧视，大家都叫他"意大利佬"。

　　每年6月13日的"圣安东尼日"是意大利人最为重要的一天，这天晚上，人们都要在家里举行盛大的庆祝宴会。在他十岁那年的"圣安东尼日"晚宴上，父亲花了一整天的时间，为全家人精心准备了一个大比萨饼，这个比萨花去了父亲近半个月的收入，味道非常好，他吃得开心极了。

　　第二天，他骄傲地对班上的美国同学宣布了这个消息，希望赢得大家的羡慕。可没想到，当同学们得知是一个"比萨饼宴会"时，都哄堂大笑了起来："比萨饼是什么东西，听起来怎么好土气？"

　　原来，在上个世纪三四十年代，只有意大利本国人才知道比萨，而在当时美国孩子的眼中，只有具有了汉堡和炸鸡的晚宴才是最值得骄傲的。

　　被羞辱的他，晚上回到家里对父亲说起了这件事，"没什么好难过的，"父亲对他说，"小事一件，很快你就会忘记掉的。"

　　"不可能，我想这一辈子都忘不了它，我就是被他们嘲笑的那块土气的'比萨饼'！"他反驳道。

　　"是吗？"父亲微笑着继续问道，"那么，请你马上告诉我，上个月最让你担心和害怕的是什么？"

　　他想了想，没回答出来。

　　"那么去年呢？"父亲又追问道。

　　他更是回答不出来。

　　"看，你根本记不得了吧？"父亲语重心长地对他说道，"今天的烦恼和不如意，即便其严重程度看起来比天都大。但等到你明天回过头来再看，就会发现其实根本就不是什么大不了的事儿，完全没有当初想象的那么严重。没有什么困难和打击是过不去的，迎接新的一天才是最重要的!"

　　父亲的这些话,对他的一生产生了极大的影响。多年后,当他被美国第一大汽车公司福特开除,丢了人人羡慕不已的公司总裁职位和年薪98万美元的报酬后,外人都以为他肯定会就此一蹶不振,因为在当时看来,没什么能比在著名的福特公司工作更好的事情了,更何况还是高居要职。

　　父亲当初的那番话再次激励了他,让他走出了低迷——他来到当时濒临倒闭的克莱斯勒汽车公司,并将它从危境中拯救过来,六年后,为克莱斯勒盈利24亿美元,使之奇迹般地东山再起,成为福特汽车公司最强劲的竞争对手,让当初开除他的亨利·福特二世后悔不已。

　　他就是李·艾柯卡,20世纪80年代美国人最崇拜和敬仰的商业领袖,其声望仅次于当时的里根总统。

　　"他一说话,全美国都在洗耳恭听",这是美国《时代》杂志对他的评价。

　　顺便提一下,今天,比萨店在美国到处都是,已经成为美国人最喜欢的食物之一了,再也没人嘲笑它土气了。

　　无论遇到什么困难,都要始终保持一颗乐观的心,并坚信明天太阳一定会重新升起。

用欢喜的心对待生活

\ 蓝莓

"春眠不觉晓,窗外闻啼鸟"。鸟儿不知身在别人屋檐下,只管叽叽喳喳商量自个儿的事。嘘!别惊扰它们。假寐,听它们在说啥悄悄话。尽管听不懂,但有一份欢喜。仿佛窥听了自家儿与邻居娃的小秘密。

说"读万卷书不如行万里路"。从家里去办公室、去超市、去菜场,如果每一次走同样一段路,同样一条街,都跟第一次似的看什么都觉得新鲜好奇,就不至于忽略了身边的一道道风景。那也跟"行万里路"差不多了。何必一定要扎堆儿去人造的旅游景点,或者花巨资出国游呢?

张爱玲说:"许多身边杂事自有它们的愉快性质。看不到田园里的茄子,到菜场上去看看也好——那么复杂的,油润的紫色;新绿的豌豆,熟艳的辣椒……把菠菜洗过了，倒在油锅里，每每有一两片碎叶子粘在篾篓底下，抖也抖不下来。迎着亮，翠生生的枝叶在竹片编成的方格子上招展着，使人联想到篱上的扁豆花。"

捕捉到生活中无处不在的曼妙和美好，缘于有一颗欢喜的心。那是看人人好，看花花美。即使路边的一棵小草，一片落叶，都带着灵气和诗意。

去一个小区。不防脚下一道几公分高的槛儿。一磕一绊一趔趄，正庆幸没有"狗啃泥"呢。身后飘来一串快意的大笑。是几个拎着酒肉、菜蔬的民工兄弟。见我掉头，吓得噤声。我冲他们莞尔，心说：能让你们笑笑，驱除一天的疲劳。真好！

去超市购物回家，两手提着沉甸甸的东西。后面的陌生人紧走几步，连忙打开门禁，用身体抵着，让我直接先过。心里，欢喜而感激。去楼下扔垃圾，见电梯里落着一张广告纸，弯腰捡进自己的垃圾袋。别人投我以微笑。心里欢喜。尽力为人人，人人亦为我。

周末，和朋友挤地铁。人浪凶猛，身体不能自控。一大妈恶狠狠地朝朋友吼："挤什么挤？"朋友露出八颗被烟熏黑的牙，绽出一枚空姐式的微笑说："绿色出行，绿色出行。您老先请。"惹得我，被席卷在人潮里，亦欢喜地笑。

晚上，读书倦了，撩开窗帘：月色清澈，祥和宁静。心头满是欢喜、感恩和知足。

张爱玲说："凡事牵涉到快乐的授受上，就犯不着斤斤计较了。较量些什么呢？——长的是磨难，短的是人生。"

/露醉梧桐

奥巴马的读书单

1979年，高中毕业的奥巴马考入美国洛杉矶西方学院继续学习。即使在这个并不出名的大学里，奥巴马也算不上出类拔萃，学习成绩平淡无奇，最多只能算一名中等生。这一切并不是因为他自己不聪明，而是因为他不知道自己以后想干什么，缺少人生的方向感。一天，百无聊赖的奥巴马随手在图书馆翻阅一本书，突然有一句话跳入他的眼帘：我可以放慢脚步，但不会回头，更不会放弃，我的梦想在路上。奥巴马把书翻回到封面，上面赫然写着《林肯传》，是德国作家埃米尔·路德维希为美国第16任总统亚伯拉罕·林肯写的一部传记。他开始饶有兴趣地一页一页仔细看起来。林肯出身卑微，是一个伐木工的儿子，但他从小喜欢看书，为一本书经常走几十里路去借。用一本本书武装自己，历经磨难、挫折和失败，这个没上过一天学的穷小子竟然成为美国历史上最伟大的总统。

这本书看得拥有黑人血统的奥巴马心血澎湃、心灵震撼、梦想飞扬，到了吃饭时间也浑然不觉，一口气看完了这本三百五十四页的人物传记。第二天，奥巴马就像换了一个人，早上六点就起床，捧着一本书读起来……到了大二下学期，奥巴马的成绩已经在全系排到了第一名。由于成绩优异，二十岁的奥巴马被学院推荐，进入到著名的哥伦比亚大学就读，主修政治学及国际关系专业。

在班上，奥巴马认识了美籍华人学生李开复，因为都喜欢看书，两人很快成为朋友。李开复用开玩笑的口吻给奥巴马用英语讲解了中国的一句关于读书的经典论点，那就是"书中自有黄金屋，书中自有颜如玉，书中自有千钟粟"，听完，奥巴马哈哈大笑："这个有意思，读书真的很重要。"由于对中国文化的浓厚兴趣，奥巴马看了英译本的《孙子兵法》和《易经》，从而感受到了中国文化的博大精深，获得一种前所未有的大局观。

1983年，奥巴马以优异的成绩从哥伦比亚大学毕业，获得学士学位。1983年夏末，奥巴马进入位于洛杉矶的国际商务公司工作，这是一家出版咨询公司，收集国际商业和财经数据，为公司客户发布各种新闻通讯和报告。奥巴马在金融服务部工作，负责访谈商业专家，研究外汇走势，追寻市场发展趋势。奥巴马要求自己每周起码要看三本书，由于知识面宽、综合能力强，公司总经理卡西·拉泽这样评价这位二十三岁的年轻人："他身材瘦长，神态平静，头脑聪明，读书广泛，前途无量。"

卡西·拉泽预言得没错，二十五年后的2008年6月3日，奥巴马被定为民主党总统候选人；同年8月27日，在民主党全国代表大会上奥巴马被正式提名，从而成为了美国历史上首个非洲裔总统大选候选人。2008年11月4日，奥巴马正式当选美国第56届总统。

尽管每天非常忙，但奥巴马并没有放弃自己的读书计划，在他心中，读书成了自己生活不可或缺的一部分。当选一周后，他就公布了自己的读书单：《长沼三部曲》《罗丹的初次亮相》《双生石》《大地尽头》。

2009年8月，奥巴马一家人在马萨诸塞州玛莎葡萄园岛开始了长达十天左右的假期。白宫发言人比尔·伯顿说，奥巴马除了和家人享受私人时光外，他还携带了厚厚的五本书，加起来有两千三百多页，准备在假期读书充电。2010年年底，在夏威夷火奴鲁鲁附近的海滨小屋里，奥巴马又读完了三本长篇巨著：一本是前总统罗纳德·里根的传记《终生难遇的角色》，一本是间谍小说《我们这种叛徒》，第三本是历史小说《雅各布·德佐特的千年之秋》。

2011年9月，一家名为巴诺的书店专门列出了一个"总统奥巴马最新书单"。从这份书单上看，奥巴马近期准备看的书包括历史和传记，如《美国历史的反讽》《罗斯福传》《和而不同》，也包括很多文学作品，如《土生子》《所罗门之歌》《金色笔记本》《莎士比亚全集》《圣经》《白鲸》等。很快的，这些书在美国书店热销，甚至有些书出现脱销。

2012年11月6日（北京时间2012年11月7日），奥巴马在美国总统选举中击败共和党候选人罗姆尼，成功连任。腹有诗书气自华，治大国若烹小鲜。一个孜孜不倦读书的总统，榜样的力量是无穷的！

/凉亭牧歌

变换的人生

十七岁那年,闫妮考上了西安的一所财经院校。大学毕业后,和许多同班同学一样,按照家人的要求,她专业对口地找了份会计工作。可是,她对枯燥的数字根本提不起兴趣,整天迷迷糊糊,朝着外面的天空发呆,就想着辞掉这份工作。母亲劝她:"女孩子,做个会计挺好的,不脏,不累,不重。"她对着母亲淡淡地一笑,毅然辞掉了这份来之不易的会计工作。

辞职后,待在家里的闫妮发现自己迷上了表演,常常为电影中演员的出色表演如痴如醉,拍手叫绝。她发现模仿表演的时候,自己再也不迷糊。她知道,这是自己真正要走的路。经过刻苦训练,她考上了兰州军区政治部战斗话剧团,然后到解放军艺术学院学习表演,毕业后分到空政电视艺术中心成为了一名专业演员。天道酬勤。十一年后，她凭借在电视剧《武林外传》中成功饰演风情万种的"女掌柜"佟香玉而一举成功。2009年，一部火爆大江南北的《北风那个吹》，一个唯一被载入中国电视剧历史年鉴的女性角色牛鲜花，让闫妮更是横扫了两年之内六大电视剧盛典最高奖项，问鼎了中国电视剧含金量最高的"飞天奖"和"金鹰奖"，实现了"视后"大满贯。2011年贺岁档闫妮主演的电影版《武林外传》和《最强喜事》均取得了过亿的票房佳绩。

现实中的闫妮和电视剧中精明算计的佟湘玉相差甚远。和她合作过的一个明星直言不讳："人家丢三落四，闫妮是丢五落八。"闫妮微笑着说，母亲现在还会给她打电话念叨："幸好你没坚持干会计，要是让你管钱，人家肯定得把你法办了。"

闫妮，也许不是一名好会计，却成为一名优秀的影视演员。人生一直是在不停变换着，有许多人终其一生在一条道路上奔走，但他们没有想过，这条道路适合不适合他们。而有些人，却能够把握住自己的优势，让自己走在属于自己的道路上。那么，该如何选择自己的道路呢？木桶理论说：一只桶能盛多少水，取决于最短的那根木板。没错，但我们毕竟不是死板的木桶，而是变通的、有思想的抉择者。陈景润教不好中学数学，却能证明出"哥德巴赫猜想"；沈从文在西南联大课堂上说得结结巴巴，却在纸上把小说、散文写得风生水起，成为文坛大家。对闫妮，会计是短板，表演是长板。

成功者大多都不是"略懂"的平均主义者，而是独树一帜、独当一面的"精深"专家。一个人能登多高、能走多远，最终还是决定于自己最擅长、最精通的专业能力。人生就是这样，总有适合你的一份工作，总有展现你才华的舞台。关键是你要学会变换，敢于变换，这样才能活出滋味，活出最精彩的自己。

激情岁月

/ 马晓伟

十二岁那年 他便在远房姑妈的资助下 来到了美国上学
作为一名热血青年
他胸怀大志 对未来充满了幻想

十二岁那年，他便在远房姑妈的资助下，来到了美国上学。作为一名热血青年，他胸怀大志，对未来充满了幻想。二十一岁之前，他先后做过餐厅服务生、净水器推销员、巧克力批发商等十八种职业。但无一例外地都以失败告终。一连串的碰壁让他落拓不堪。

大四时，他偶然得知一个成功学培训班正在招募学员。而导师正是闻名遐迩的潜能激励大师安东尼·罗宾。他赶紧报了名。一个星期后，他才知道集训不是好玩儿的：在一个训练场上，有一条二十米长的跑道。路面上铺满了熊熊燃烧的炭火，炭火上盖着一块铁板。而所有的学员必须脱掉鞋袜，从铁板的这头跑到那头。

看着烧得通红的铁板，他立即联想起昨晚吃过的铁板鱿鱼。"哧、哧哧"，他的心不由得一阵阵战栗。"我的脚掌会不会被煎熟？万一我撑不住，跌倒了怎么办？我失败了，那些人会笑话我吗？"忧虑霎时全一股脑儿地冒了出来。这时，该轮到他了。而他的双腿早已瑟瑟发抖，不听使唤了。他鼓足勇气，试探着伸出一只脚，吓得直想喊娘，赶紧缩了回来。接着，他灰溜溜地躲到了队尾。

刚好这时，两个美国女学员看到了他那副狼狈样儿，哈哈大笑起来，"中国男人真是孬！"嘲讽钢针般地刺着他的心。他感觉浑身的血液都"嗖嗖"地往上涌。也不知从哪里来的勇气，突然，他拔腿就跑，一个箭步飞跃上铁板。接着，百米冲刺般地跑完了全程！两个美国女学员似乎还没反应过来，眼睛睁得老大，并不断发出惊叹声。而他因为挑战成功兴奋不已。他没有怨恨那两个美国女学员，相反，他知道自己的勇气正是被其激发出来的。为表示感谢，他当即回馈了两个大大的拥抱。

"咦——奇怪，看似烧得滚烫通红的铁板，其实并不是想象中的那么烫！"因为在奔跑中，除了"呼呼"的风声，他几乎什么都没感觉到。顿时，他明白了安东尼·罗宾为何要设"走火"这项极端训练，肯定是想以此来说明成功学的这么一个真理：你如果想成功的话，那么，要做的第一件事就是抛开所有的顾虑和犹疑！继而，让所向披靡、无往不胜的激情充盈你的体内！

洞悉成功学的这个秘密后，他一窍通百窍通。不出一个月后，他即注册了一家成功学研究训练机构，与安东尼·罗宾的公司"互争雄长"。接下来的两年里，他带领自己的团队帮助越来越多的人实现了成功的梦想。为不断寻求突破，他特制定了一个规定：如果达不到预设目标，我就到闹市区裸奔！乖乖，这个规定真够残酷的！而他这么解释道，既然发誓"完成不了任务就裸奔"，那这世上还有什么做不到？"裸奔"是一种痛苦，更是一种激励。要想成功，你就得有"绝不裸奔"的决心和信念！

正是这种无坚不摧的疯狂激情，把他烧成了亚洲最顶尖的成功学演讲家。他在香港半岛酒店授课，为期三天的"总裁班"每人收费为十八万港币。巅峰时，他的演讲报酬为每小时一万美金！二十七岁时，他即完全通过自身的奋斗成为了亿万富翁。他，就是被誉为"世界华人成功学第一人"的陈安之。

在一次访谈中，主持人要求陈安之用一句话来概括成功学的精髓。陈安之听后，脸上洋溢着一如既往的招牌笑容，"要成功，先发疯，头脑简单往前冲！"

把书店开在理发店里

/ 徐立新

赫鲁·马丁斯
出生于上个世纪五十年代迈阿密的一个小矿业镇上
马丁斯的父母都是矿工
很早之前由墨西哥移居到美国

赫鲁·马丁斯，出生于上个世纪五十年代迈阿密的一个小矿业镇上，马丁斯的父母都是矿工，很早之前由墨西哥移居到美国。父母从来都不喜欢读书，也根本没时间和书籍可读，但是马丁斯却是一个"小书痴"，为了不受打搅，他常常躲在厕所里读书，一待就是好几个小时。他搞不懂，那些精彩的书籍，镇上的人们为什么都不愿意去读。

十七岁时，马丁斯来到洛杉矶，并且开始学习理发，"当我看到那些穿着洁白工作服的理发师们，便再也不打算回到那个人人都是一身黑的矿山小镇了。"学成结业后，马丁斯开了一家自己的理发店，生意相当兴隆，然后又开了连锁第二家，第三家。

但他却因为工作的繁忙而忘记了阅读，相反，他想让更多的人培养起阅读的兴趣，尤其是讲西班牙语和住在拉美社区的墨西哥年轻人的阅读激情。马丁斯还通过调查发现，住在洛杉矶的墨西哥裔的阅读水平只是非墨西哥裔白人的一半，由于阅读的跟不上，墨西哥裔在眼界、职业和教育子女能力等诸方面都远不如比他们读书多的人。马丁斯想努力扭转这一局面。

接下来，他开始想将自己收藏的图书借一些给那些在自己店里等待理发的顾客们，这些书中有《百年孤独》《唐吉诃德》等西班牙文经典著作，也有被翻译成西班牙语的海明威、欧·亨利等美国著名作家的作品。但让马丁斯没料到的是，这些书一旦借出去后，便很难再拿回来，理发店的书开始变得越来越少。

"书没被还回来是好事，说明大家真正喜欢它们，想据为己有，永久性阅读。"马丁斯对自己安慰道。

接下来，一个奇妙大胆的想法在他的脑海里诞生了——在自己的连锁理发店里开一个西班牙语书店，顾客们来这里理发的同时，还可以借机买书，也可以来租书，价格都是极其便宜的。

马丁斯自此也成为西班牙书籍的推销者和阅读的倡导者，他让前来理发的父母们多让自己的孩子读书，多给孩子买好书；他跟年轻人谈心，让他们抽空钻进书房里，在书本里吸取知识和力量。他帮助不同年龄阶段和不同职业身份的读者推荐、选择适合他们阅读的好书。

他还邀请很多知名的作家来自己的理发店里搞文学讲座和读书沙龙，每个前来参加的人都可以坐在舒服的沙发和理发椅子上。最多的一次，有近千人参加，将理发店挤得水泄不通。

现在，马丁斯的书店已经是全美最大的西班牙书店之一，拥有二十多家分店，极大地推动了拉美裔人民的阅读热情。

"阅读证会比驾驶证和移民证带你走得更远"，这是挂在马丁斯理发店里和书店里的一幅大标语。而马丁斯的这一将书店开进理发店的做法也得到了不少机构和人们的肯定和赞许，"既开书店又办实体，激励人们热爱文学并保护了拉丁美洲文学遗产"，2008年，马丁斯获得美国中小企业管理局颁发的"年度冷门生意奖"，随后又获得哥伦比亚大学颁发的人文领域荣誉博士的称号。

"我不指望书店赚钱，但进我书店的人，却都成了我理发店的终身忠实客户，这很奇妙。"

如今，六十多岁的马丁斯依然为能让人们多读书而忙碌和努力着，并且紧跟上了网络电子阅读的浪潮。"他不是自己在读书，更不是在卖书，而是在推销阅读。"《纽约时报》这样评价马丁斯。

/李良旭

小摩西的"制胜武器"

八岁的小摩西关在纳粹集中营已有两年了。小摩西关在12号监牢里,与她一同被关押的妈妈已在一年前被纳粹刽子手杀害了。

小摩西是一个非常可爱的小女孩,金黄色的头发,自然卷曲着,一双深蓝色的眼睛,像一潭清澈的湖水,楚楚动人。两年前,她在波兰华沙家中,一群德国法西斯强盗突然闯进她的家中。爸爸在反抗中,被法西斯强盗当场枪杀,失去了生命。她亲眼目睹了那一幕恐怖的场景。随后,她和妈妈被捕,最后被关进了纳粹集中营。本应享受阳光、雨露的童年,从此布满了一片黑暗和血腥。

小摩西记得很清楚,她被关进12号监牢时,监牢里共关押了62名犹太人。两年过去了,这个监牢里只剩下十二个人了,其他的人都被纳粹秘密地杀害了。监牢里的生活,充满着死亡、恐怖、阴森和血腥的阴影。这一切,不仅没有摧毁小摩西的精神和意志,反而使她变得更加坚强、机敏、灵活,并且成为一个具有丰富对敌斗争经验的小女孩。

妈妈对小摩西充满着爱怜,每天将她的头发梳洗得整齐、光滑。被捕前,妈妈是一名小学教师,妈妈会讲许多动听、神奇的故事。她常常依偎在妈妈的怀里,听她讲那些美丽的童话故事。她沉浸在那美妙的故事里,她仿佛自己变成了一个可爱的小天使,给小朋友们采来甜蜜的花朵和果实,小朋友围坐在她身边,跳起了欢快的舞蹈。

可是,这一切,都因法西斯强盗,使她小天使的梦想彻底破灭了。每天她面对的是死亡、酷刑、毒气,还有那难以下咽的饭菜。幸亏有妈妈在身边,使她感受到一丝安慰、一缕亮色。在监牢里,妈妈忍受着被纳粹严刑拷打后的伤痛,每天依然坚持给她讲故事,教她学儿歌。妈妈利用废纸编写的那套用希伯来文编写的小学识字课本,教她识字、学数学、学自然。

童年的生活,虽然在纳粹集中营的恐怖中度过,但是在母亲的教育下,凭着自己的聪颖和天赋,小摩西学到了许多知识。特别是她爱上了写作,她的儿童习作,展示了她丰富的想象力。她对妈妈说,以后从这里出去后,她要成为一名儿童文学作家,专门撰写儿童读物,让他们读到天下最美的文字,感受到文字的温暖和爱。

那一幕虽然过去已有一年了,但她依然记得清清楚楚。那天傍晚,她从监牢小小窗口看去,天空阴沉沉的,仿佛整个天空要塌了下来,她感到空气格外的沉闷。她依偎在母亲怀里,听母亲讲美丽的童话故事。

突然,监牢沉重的铁门被打开了,几个纳粹分子端着枪,气势汹汹地闯了进来,他们喊着妈妈的名字,说要将妈妈转移到其他地方去。

妈妈仿佛预感到什么,她平静地为小摩西整了整衣襟,然后从包裹里拿出几本书，递给她，深情地说道："孩子，妈妈先走一步了，以后你要自己照顾自己了，记住，无论生活发生了什么，都不要忘记了学习知识，多掌握一门知识，就等于多掌握了一种武器，它具有一种强大和无畏的力量。"

说罢，妈妈和监牢的其他几个狱友，深情话别，然后从容走出监牢。

妈妈那凛然、无畏的背影，深深地刻在了小摩西的脑海里。她想，我也要像妈妈一样勇敢、坚强。小摩西的两只手握紧了拳头，眼睛里射出愤怒的火焰。

妈妈被纳粹杀害了，小摩西比以前表现得更加坚强和勇敢。她每天坚持写日记、写童话故事，在故事里，她仿佛看到妈妈在天堂里充满爱怜地望着她，脸上露出甜蜜的微笑。她感到妈妈并没有离开自己，妈妈就在自己的身边，妈妈的味道，一直在她心里缠绵、涟漪……

纳粹又在疯狂地屠杀了，集中营里每天都有大批犹太人被法西斯强盗杀害。小摩西感到纳粹的魔爪正向自己伸来，但是她一点也不胆怯，她记得妈妈说过的话："孩子，无论生活发生了什么，都不要忘记了学习知识，多掌握一门知识，就等于多掌握了一种武器，它具有一种强大和无畏的力量。"

小摩西比以前更加刻苦、努力了。她要多学知识，和纳粹战斗。

这一天，终于来到了。几个纳粹闯进监牢，要将她和监牢里其他狱友一起带出去枪毙。

小摩西表现出格外的冷静，她喝斥住了纳粹伸向她的魔爪，拿起母亲给她编写的教材和自己写的文章，然后将这些书籍紧紧地贴在胸前，脸上露出轻蔑的笑容，向监牢外走去。

小摩西的举动，把纳粹刽子手惊讶得目瞪口呆，无所适从，他们拿枪的手在微微发抖，眼睛里流露出绝望的神色。

在刑场上，小摩西一直将书籍紧紧地贴在胸前，她望着湛蓝的天空，仿佛又看到了天堂里的妈妈，妈妈的话又在她耳边响起："孩子，无论生活发生了什么，都不要忘记了学习知识，多掌握一门知识，就等于多掌握了一种武器，它具有一种强大和无畏的力量。"

此情此景，像一道无形的利箭射向了刑场上的刽子手，他们感到胆怯了、害怕了。纳粹头子对刽子手们轻轻地说了句："这是一个永远不可战胜的民族，因为知识的力量，永远比枪炮的力量强大。"

说罢，纳粹头子转身离开刑场。刽子手们面面相觑，最后只是胡乱放了几枪，然后，匆匆离开刑场。

小摩西从纳粹的枪口下逃出了集中营。最后，她被一对好心的波兰老夫妻收养。

二战结束后，小摩西终于回到了自己的祖国以色列。后来，摩西成为以色列著名女作家，她撰写了许多儿童读物，在孩子们中产生了深刻的影响。她创作的《人不能只靠面包活着》，一直成为以色列最畅销的儿童读物。

2012年5月，在特拉维夫，已是八十岁高龄的摩西，出席了她的新书发行仪式。她在现场对小朋友们深情地说道："热爱阅读吧，它是世界上最强大的一种力量，它能带你翻过高山、越过大海，战胜重重险阻，到达胜利的彼岸！"

/ 马晓伟

破解"奥斯卡诅咒"

法比奥·卡佩罗是英格兰足球队的主教练。2010年3月的一天,他前往美国参加一项会议。抵达后,他得知一年一度的奥斯卡颁奖典礼就在当晚举行。"来得早不如来得巧!赶热闹去啰!"他喜不自胜。

落座后,他定睛一看,身旁坐着的竟是大名鼎鼎的影星凯瑞·穆丽根。穆丽根因在影片《成长教育》中出色的表演而被提名为"最佳女主角"。卡佩罗向她表示祝贺,穆丽根也对他客套了一番。没多久,晚会正式拉开了帷幕。当主持人宣布"影后"为"桑德拉·布洛克"时,穆丽根赶紧在胸口画着十字,"感谢上帝!"接着,长吁了一口气。顿时,卡佩罗感到有些摸不着头脑了。按正常人的思维,角逐桂冠却最终落败,这应该感到很沮丧的呀。而此时,穆丽根的脸上却写满了庆幸和欢喜。难道她精神失常了?或是错听成了自己的名字？霎时，卡佩罗的脑袋里挂满了问号。

接下来，"最佳导演""最佳男配角""最佳女配角"……相继出炉了。幸运儿们个个手举小金人，欣喜若狂，继而失声痛哭。甚至有人表示，为了这一刻，"少活十年也乐意"。面对如此火热的场面，卡佩罗却没心思继续看下去。恰在这时，穆丽根仿佛看穿了他的心思。她告诉他，关于奥斯卡，有两个骇人听闻的数字：21%和5%。即在捧回小金人后，21%的获奖者的家庭会破裂、事业会一落千丈，甚至有5%的人不久就会死亡。这就是流传已久的"奥斯卡诅咒"。八十多年来，这个神秘的诅咒在一批又一批的获奖者身上得到了灵验。最后，穆丽根表示，希望有法力高强巫师破解这个诅咒。因为自从得知自己被奥斯卡"盯上"后，整天都是提心吊胆的。

原来如此！听了穆丽根的这番话，卡佩罗陷入了沉思。那段日子，他被手下的那帮国脚烦透了。他们个个都是举世瞩目的球星，住的是豪宅、开的是跑车、出入皆高档场合……然而，他们却总是喜欢惹是生非。先后有贝克汉姆婚外情、杰拉德醉酒大闹夜店、特里与队友女友有染……这对球队的声誉造成了极大的破坏。为此，身为主帅的他头痛不已。

回国后，卡佩罗每天多了一项工作：查阅报纸，统计球员们的负面新闻。他特地立下这么一个规定：凡花边新闻累计超过10条者，南非世界杯将没你的份儿！如此强硬的"铁血政策"，着实给了那些球坛大腕儿们当头一棒！从此，他们变得安分守己，从不敢越雷池半步。

卡佩罗曾任教于皇家马德里队、AC米兰队。他所征战的赛事几乎每场都是所向披靡。作为一名球坛元老，他这样教训弟子：名利是个干扰磁场，它会使心灵的罗盘失去效应。简单一点儿说就是，当你拥有巨大的金钱、荣誉后，渐渐地就会找不着北了，从而沦为一只迷途羔羊。

同时，他还把这两句话传达给凯瑞·穆丽根，算作自己对"奥斯卡诅咒"的理解。

什么长相都可以出色

/ 马晓伟

伊尔哈姆·阿纳斯是印尼的一名摄影师
和绝大多数人一样 他有一个烦恼
嫌自己长得不够帅

伊尔哈姆·阿纳斯是印尼的一名摄影师。和绝大多数人一样，他有一个烦恼：嫌自己长得不够帅。也难怪，他长得确实够"衰"的：前额凸出，嘴唇肥厚，脸膛黝黑油亮，眼睛大而无光……

每当看到英俊潇洒的帅哥型男时，他总流露出无比艳羡的眼神，继而自卑得抬不起头来。他无数次在心底哀怨造化弄人。就在这种怅惘和落寞中，他度过了二十多个年头。

2008年11月初，阿纳斯在街上溜达。这时，迎面走来了一名文质彬彬的男子，向他问道："您是奥巴马先生吗？""不是。""那您是他的弟弟吗？"阿纳斯又摇摇头。男子依然不依不饶，问了一大堆问题。当阿纳斯再三解释自己既不是奥巴马本人，也与其无任何联系时，男子还是请他吃了一顿饭。男子兴奋地告诉他："你与奥巴马长得实在是太像了！能与你共进午餐，我真是三生有幸。"对此，阿纳斯苦笑道，"我要是真能和奥巴马扯上点关系就好了。"他抹抹嘴，哼着小曲儿走出了餐厅。这时，一个小女孩跑过来："奥巴马先生，请您与我合一张影，好吗？"这让阿纳斯哭笑不得，他笑着答应了。"再见！我亲爱的奥巴马先生！"小女孩捏着照片，欢快地跑开了。

"我真的就那么像奥巴马吗？"阿纳斯踱到商场的试衣镜前，缓缓抬起头，将信将疑地盯着里面的那个人。他从没如此细致地审视过自己。而此时，美国大选奥巴马获胜的消息正满天飞。突然，他脑中冒出一个念头：何不将错就错，冒充一下美国总统？当然，他不是打算混入白宫去谋权篡位，而是上演一场真人模仿秀。因为如今这个世界，可谓"无处不山寨"，说不定能火上一把呢！

说干就干，阿纳斯从网上找来了奥巴马的图片和视频。他细细揣摩奥巴马每一个神情、手势和动作。经过三天三夜的钻研后，他穿上了一套黑西服和白衬衫，打上领带，装扮成了奥巴马的模样。接着，他出现在一群大学生中间，在其露出奥巴马招牌式笑容的瞬间，镜头随之定格。他把这张照片发布到网上，立马引起了轰动。

两天后，菲律宾一家医药公司闻讯赶来，请他去拍广告。广告中，阿纳斯扮演的美国总统和另一女演员扮演的菲律宾总统一起用餐时，奥巴马因吃得过多，导致胃胀。结果服用了该公司的消化药后，立马药到病除。广告一经播出后，此消化药的销量急速飞飙。紧接着，泰国、新加坡、马来西亚等国家的许多媒体和企业，纷纷向他抛出了绣球。专访、拍电影、品牌代言……阿纳斯应接不暇。据经纪人透露，其档期竟排到了半年之后。一时间，阿纳斯成为"超级明星"，红透了整个东南亚。

2010年3月，阿纳斯收到一封来自印尼官方的邀请函。印尼总统苏西诺·班邦·尤多约诺亲自接见了他。两人达成如下协议：在正牌奥巴马来访印尼期间，在某些非重要场合，阿纳斯临时顶替一下奥巴马，以保证其安全。报酬是600万卢比。乖乖！又是一笔大单！

曾经令自己自卑不堪的脸，如今却成了曝光率极高的"敛财"的工具，可谓"三十年河东，三十年河西"。"山寨奥巴马热"大有席卷全球之势。最近，阿纳斯更是顺水推舟，甩出了自传《因为奥巴马》。他在新书发布会上说："相貌是由不得我们选择的，但不管什么长相都可以出色，比如，和我长相相似的人可以当总统。"

享有和拥有

/ 蓝莓

公园的樱花 开得烂漫迷人 灼灼其华
赏花的游客
享有着一份无与伦比的美丽
但有的孩子却渴望拥有这份美丽
折一根花枝欢天喜地地抱在怀里

公园的樱花，开得烂漫迷人、灼灼其华。

赏花的游客，享有着一份无与伦比的美丽。但有的孩子却渴望拥有这份美丽，折一根花枝欢天喜地地抱在怀里。很快，枝上的花蔫了，失去了娇艳。孩子没能拥有美丽。

电影里的男主角查尔斯，喜欢独来独往旅行，天马行空，常常在非洲无际的森林里搭一顶帐篷和自然为伍，与动物为邻。

在一次去非洲丛林的途中，他借宿在非洲部落边缘的格丽家。格丽来自英国，在此地经营一家农场。

宾主在晚餐桌上交谈甚欢，大有"相见很晚"之意，心底不自禁地播下一颗蠢蠢欲动的爱的种子。

然而，这爱，未能阻止查尔斯计划的行程。翌日，天一亮，他就上路了。也许，老天有成人之美，他进入丛林小道没多久，便下起了倾盆大雨。密密的雨线中，他一抬头，格丽立在他的马车前，请他——"回家去"。

大雨下了三天，仿佛天赐的蜜月。他们卿卿我我，浓情蜜意，坐卧不离。

一番热烈缠绵后，格丽希望查尔斯留在自己身边。查尔斯说，自己深爱格丽，保证常常来陪伴她，但不能留下。

女人，生来就像一只美丽的小鸟，希望朝夕晨昏依偎在一个心爱的、温暖的怀抱中。为此，格丽气愤地赶走了查尔斯。

一年后，一场大火烧毁了格丽的农场，一无所有的她，决定回英国。

没想到，她临走的前夕，查尔斯突然出现，一如凭空而降的大鹏，给心爱的女人以踏实、坚强的依靠。并表示要帮助格丽重建昔日的一切。格丽心灰意冷地说："我不需要你的帮助！除非你和我结婚。让我拥有你。"

查尔斯犹豫良久，答应了这个要求。但有一个条件：必须先飞回华达利州处理一些私人事务，三天后，来接格丽。

然而，第四天的中午，格丽翘首以盼等来的却是——查尔斯飞机失事的噩耗……

多年后，独身的格丽把自己和查尔斯的美丽爱情故事，写成了一本畅销小说《走出非洲》。接受采访时，有人问她，长久思念一个人的滋味，孤不孤独？

她说："我的心灵和生活都很丰沛。因为我一直享有查尔斯的爱情。"

有时，爱，就像美丽、迷人的樱花，不可拥有，只能享有。

正像睿智的蔡康永所说："享有"比"拥有"贵重。我们"享有"空气，但无法"拥有"空气，我们"享有"阳光，但无法"拥有"太阳。同样的，我们享有友情亲情，但没办法也不该想"拥有"那个友人、亲人，我们也享有爱情，但没办法，也不该想"拥有"那个爱人。就享有吧，"享有"比"拥有"贵重多了。

/张颖异

尊重别人的时间

人的一生正常的情况下，只有两万多天，这两万多天去掉年幼和年老的时候，真正能很好利用的只有一万多天，这一万多天里，除掉睡觉、吃饭、生病等，剩余的时间，我们需要学习、需要工作、需要生儿育女，需要干些事业，需要失败了再爬起，需要奋斗！

如果仔细算，人的一生中可以利用的时间并不多。因此，对于不浪费别人时间的人，对于尊重别人时间的人，我总是充满敬意……

一次，我们大学同学毕业五周年聚会，有个在邻市工作的李姓同学因为家中临时有些事而耽搁了一些时间，那个时候，离定下的饭局开席还有一个小时的时间，因为我和李同学的关系比较好，他给我打来电话，让我转达他的歉意，他说他可能要迟到了。当时，几乎所有的同学到达了饭店，大家都很体谅，纷纷说："告诉李同学，大家等他，他不到，饭局不开席。"我把大家的意思和李同学说了，李同学电话里连连道谢。

李同学所在的邻市离我们这有八十多里路，通公交车。公交车全程大概需要八十分钟，大家都做好了坐等李同学的思想准备。没有想到的是，离预定的饭局开席时间还有二十分钟的时候，李同学居然赶到了，大家感觉很奇怪。李同学解释说："我是专门打出租车过来的，所以没有迟到。"从邻市打出租车估计七十元钱，而坐公交车才三元钱，有几个女生说："李同学，你发财了？三元的公交不坐非得打出租？"李同学笑着说："账不能这么算，如果我不打车，大家至少得多等我半小时，我们几十个同学，每个人的半小时都能做很多事情，我决不能为了自己省一点钱而浪费掉大家的时间……"

我当时听了，非常感动。

邻居赵大妈也是个很懂得尊重别人时间的人，她去超市买东西的时候，一般带的是零钱包，排队交款前，她就根据商品标价，把自己的购物款算好了，收银员一扫描，赵大妈连忙把算好数额的钱递过去，数目正对，不用找零，赵大妈拎起东西就走出来了，大大地节省了后面排队付款顾客的时间……

学会尊重别人的时间：聚会的时候不迟到、排队的时候不加塞，与别人协同工作的时候讲效率、开会讲话的时候不拖延……

那些懂得尊重别人时间的人，才能赢得别人的尊敬。

俗话说"浪费别人的时间等于犯罪"，因为别人的时间可以供给别人正常的工作、学习甚至是难得的休息。对于一些病情严重的别人来说，浪费他们的休息时间简直等于谋害人家的生命。因此，生活中，我们一定要学会尊重别人的时间。当大家的时间都被尊重的时候，我们就大大地提高了生命质量。

世间那个最疼你的人

第六辑

许道军：活多久才算够
红颜添乱：尽我最大的努力去爱你
红颜添乱：荒凉的土地也会开满鲜花
安艳莹：站台上的母亲

/ 许道军

活多久才算够

我的父亲四十五岁就去世了,我时时怀念他,认为他远远没有活够。我并不是抱怨他,没有为我尽到足够的责任,没有继续为我攒钱,为我带孩子,照料老房子,而是在一厢情愿的遐想,属于他那一份福禄没有享尽。在他去世的同一个月里,邻村也有老人去世。相对于父亲,他们多活了几十年,然而他们没有一个人走得安然,依旧在抱怨后人没有尽到孝道。

这些老人都没有活够,活多久才算够呢?有个伟人写诗明志:"自信人生二百年,会当击水三千里。"二百年就够了吗?相对于许多封建时代的皇帝,这简直不算什么。《康熙王朝》主题曲《向天再借五百年》,作曲家如此替大帝抒怀,是有道理的。遥想当年,秦始皇访仙,汉武帝学道,古埃及法老将自己的尸体腊干制成木乃伊,期望某一天复活,活无止境。在他们那里，活多久都不算够，他们想永生。

为什么要"活着"？有的认为自己的事情没有做完，希望上天给予他特别的眷顾，让他完成自己宏大的志愿。有的认为自己的过剩资源和快乐没有消耗掉，需要更多的时间。但是对于绝大多数的人来说，"活着"本身似乎就是目的，余华的小说《活着》形象地阐释了这个主题。主人公富贵卑贱一生，眼见着身边的亲人相继死去，只有自己在顽强地活着。这样活着有意义吗？这是富贵不考虑、也不会考虑的问题，他活下来，本身就是意义，因为是他在活着。所有活着的人都在活着，向死而生又向死亡宣战。没有人去提问"你为什么要活着"这个问题，因为这个问题包含一个歧视性前提，即有的人可以天然地活着，有的人似乎不配活着。即使是富贵，他也认为自己应该永久活下去。

活着是自己在活着，死亡也是自己在死亡，无可替代。从本能上说，没有哪一种正常的生物会去寻死，蝼蚁尚惜命。但人总是要死的，有些人的死亡更加艰难，因为他们不知道自己的死亡意味着什么。他们可以想象死亡之前的窒息、绝望，却无法想象，"我"死亡之后，"我"会去哪里？

这个世界上并不是所有人都如此，比如虔诚的基督徒不会害怕死亡，因为他知道死亡是上帝的召唤，他们将去上帝的身边，追随伟大的主。虔诚的佛教徒也不会害怕，因为他们知道死亡只是此生的结束，除了此生，还有往生与来世。相对于今人，中国的古人似乎也不害怕死亡，因为他们一直相信有神仙、有佛祖、有来世，即使是地狱，也总比"我"死后没有去处强得多。即使他们不相信有这些，依然有诸种信念来消除死亡的恐惧。比如，庄子相信自己是世界的一部分，万物齐一，不生不死。陶渊明坦然面对死亡，"死去何足道，托体共山阿"。有信仰的人有福了，因为他们拥有循环往复的时间，拥有多重生活，多个可以托身的世界。

只有此生没有来生的人，永远生活在恐惧之中。他们知道，他们寄身的肉身是有限的，生长与衰败与影随行；他们寄身的地球也是有限的，不仅资源有限，而且寄主也有自己的"寿命"。生命是有限的，为了更好地活着，有人加大生活的密度，"只恐夜深花睡去，故烧高烛照红妆"，夜以继日地感受存在。有的人着意提高生命的宽度，不断地去尝试各种生命体验，"走万里路，读万卷书"。有的人倾向于拉大生命的长度，健身、减肥与养生，不一而足。在中国古代还有一种替代式生活方式，比如传宗接代。"不孝有三，无后为大"，三妻四妾未必一定是生理需要，或许是为了生更多的孩子。这种行为明显模仿了动物，通过广种博撒，散布自己的基因，通过大概率事件使自己抽象活下去。他们这么做，不是因为自己的基因对这个世界很重要，而是因为世界对他很重要。离开了这个世界，再也没有其他地方可去。

然而，无论是提高宽度、拉大长度，还是替代式生活，都需要消耗这个世界的资源。资源有限，能量守恒。你多了，别人就少了。活着需要成本，你活长了，就挤占了别人活着的空间，消耗了属于别人的资源，因此，高寿对自己来说，是幸运的，对于别人而言，未必是舒心事，"老而不死是为贼"是也。替代式更是如此，不能为活着的人计划死亡，先来到世界的人就开始为后来的人计划生育。这个时候，理论上的亲人也会是杀死自己的仇人。活着本来是人人共同的目标，但为了这个目标，人类却干了许多南辕北辙的事情。比如战争，为了活着，死了更多的人。为了自己更好地活着，冒天下之大不韪，巧取豪夺、易粪而食，也会使自己死得更早。

活多久才算够？实际上，活多久都不算够，因为活着的目的就是不死。关键是要给自己的灵魂找一个去处，灵魂有了去处，随时都可以死去，视死如归。

尽我最大的努力去爱你

\ 红颜添乱

她是一个漂亮的女孩，从湖南老家考上北京的大学，大学毕业后进入北京的一家公司工作，做普通的文员。

她谈了个男朋友，男朋友是北京本地人，早年开发还原的时候，他家的老四合院换得了三套楼房。这三套房子在北京，就是好几百万的资产。他的父亲是公务员，母亲做着卖电脑配件的生意，生意虽然不是很大，但是，每个月也可以进账一万多元，男友本身是家大公司的销售经理，收入比较高。这样的家庭，在北京这个大都市，也算得上中产阶级了。她的女性同事们都非常羡慕，不明白一个看着普通的女孩，为什么有着这么大的福气。是的，她是年轻漂亮，但是，现在年轻漂亮的女孩子多了去了，有几个像她这样运气好的？

做销售经理，经常出差，少数不出差的日子里，男友经常开着奥迪接送她上班。

在男朋友出差在外的诸多日子里，她会辛苦地坐公交车上班。有时候，因为堵车而误了些时间，下车后，她会气喘吁吁地一路小跑地赶时间。她每个月两千多元的工资，也就是男朋友家出租一套房子的每月的房租，或者是她男朋友一笔小小业务的提成。尽管男朋友说他挣的钱足够她享清福的，劝说她辞职当"全职女朋友"，但是，她依然坚持上班。

很多人说她不知道享福。

公司里很多恋爱的女孩总是偷偷地发短信，或者趁老总不在的时候，在QQ上和男朋友聊天，工作明显地受到影响。她上班的时候，非常认真，从来没有因为身处热恋之中而浮躁地影响自己的工作，他男朋友虽然出差在外，但是随身携带着有无线网卡的笔记本电脑，她可以在上班的时间和男朋友网上聊天的，然而，她从来不这样。

恋爱后，她更加自律，更加勤奋地工作。年终的时候，还被公司评为优秀员工，工资涨了一级，虽然只是涨了两百多元，但是，这是基数，以后每个月都会涨这么多，她非常开心。下班后，她悄悄地给出差在外的男朋友打电话，告诉男友她被评为优秀员工了，涨了工资。电话里，她连声感谢男友，男友觉得有些奇怪，就问："感谢我什么啊？我又没办法给你投票啊！"她说道："因为和你恋爱了啊，因为我想让你以后好好生活啊，想送给你很多你喜欢的礼物啊，所以，我就得多挣钱啊，你就是我好好工作的动力呀……"男友听了她的话，很是感动。

她在单位里做文字工作，很多的资料很多的合同很多的会议记录，都是她在电脑键盘敲出来的。每天打电脑，疲劳过度，手指疼了起来，她查了下资料，才知道这是"电脑手"，就是长时期地打电脑，手指神经严重损伤，需要休息一阶段即可。她告诉男友这只是小问题，以后休年假的时候，休息一阶段就好了。他一下子觉得很心疼，搂住她说："亲爱的，你别上班了，我挣的钱足够我们两人花的了。"她笑了，说道："我要上班，我如果不上班，你过生日的时候，我连礼物都送不起呢。"他觉得可笑，说道："不让你上班，我会给你钱花啊，如果想买礼物，你也可以买啊。"她说道："那不一样的，那不算我给你买的东西。当我没有工作没有收入的时候，我用什么爱你呢？你把你的钱给我，然后我再拿出来给你买礼物送给你，那与你左手给右手钱，然后右手拿出去花，有什么区别呢？我就要好好地上班，挣钱给你买衣服，给你买礼物，这样，我心里才会舒服。我要用我自己的最大能力去爱你。"

他以前谈了好几个女朋友，但是，她们都是用他给的钱给他买礼物，当他承诺以后结婚后，让她做全职太太的时候，她们都是欢欣跳跃的。但是，就一个她，想尽她最大的能力去爱他，这让他在心里感叹不已。

没过多久，他娶了她，她成为了他幸福的新娘。

爱一个人，不是老想着索求的，而应该想着付出，用自己的能力去爱对方。爱不是抽象的，而应该是具体的。"尽我最大的努力去爱你"，这才是世界上最真挚的爱情誓言……

荒凉的土地也会开满鲜花

/ 红颜添乱

爷爷是个园艺师，在市内的一家规模很大的国营苗圃干了一辈子。前年，退休后他谢绝了一些民营苗圃的高薪聘请，和同样已经退休的奶奶一起回到乡下的老家安享晚年。

爷爷是个园艺师，在市内的一家规模很大的国营苗圃干了一辈子，前年，退休后，他谢绝了一些民营苗圃的高薪聘请，和同样已经退休的奶奶一起回到乡下的老家安享晚年。

回到老家，爷爷清闲了一阵子后，逐渐感觉生活得特别空虚，伺弄一辈子花草的爷爷决定自己弄个花圃，让自己的晚年生活充实丰富一些。

经历过饥荒年代的爷爷知道庄稼地的重要，所以，他没有租用同村村民的农耕地，最后，他看中了离村四里多路的一片荒地。

这块荒地以前是一片荒湖，二十多年前，湖水干枯了，就成了块荒地。这里地势很低，一到夏季的时候，就会蓄满雨水，成为浅滩，雨季过后，又会很快干枯，多年来，一直闲着，没有人耕种。

听说爷爷看中了这块地，村里人都劝他："就那块地，荒了几十年了，根本就没有人想过利用它，你年龄这么大了，就别去折腾了，一块荒地，也弄不出什么花样，让它继续闲着吧！"

爷爷听了哈哈大笑："你们说那是什么也长不出的荒地，是吧？那好，我要让这块荒地开满鲜花。"

爷爷说干就干，因为这块地离村里比较远，爷爷回家有些不方便，于是，他找来工人，在那块荒地边搭建了两间简易房，另外，打了水井，修了一条灌溉渠，还修了一条排水渠，以供雨季的时候向外排水。爷爷买了锄草机等设备。

一年后，经过爷爷的辛苦劳作，这块三亩多的荒地上果然是繁华似锦，开满了各种鲜花，爷爷种植得最多的是玫瑰。城里的花店老板听说我爷爷开了个苗圃，都争相前来采购。爷爷的花圃稳稳地挣了一笔，充实生活的同时还能盈利，于是，爷爷的干劲更大了，觉得自己晚年生活很丰富很充实很有奔头，他和奶奶生活得很舒心……

我在城里开发区的写字楼里上班，不知道为什么，每天都感觉很累，每天看到一张张面无表情的脸，我就烦。

每天早晨去上班，不管是我小区开电梯的大姐还是楼道口执勤的保安，不管是大厅内的物业值班人员还是保安，都是一张面无表情的脸，到了单位，同事的表情也是淡淡的，这样的淡漠让我内心很受压力，这不是用冷脸向我示威吗？我还怕你？于是，我也就用冰冷的表情捍卫着自己的自尊。越是这样每天绷着脸，越是能看到更多的冷脸，我更加郁闷。

听说爷爷的花圃经营得非常好，周末的时候，我就到了乡下爷爷那里赏花散心。午饭时，爷爷见我愁眉不展，说话也漫不经心的，就问我有什么心事，我就把职场的压力、人与人之间的关系的淡薄倾诉了出来。爷爷听了哈哈大笑："傻孙女啊，你老是说别人绷着冷脸啦面无表情啦，你自己呢？我觉得你自己每天就是那个啥啦？对，不是有个时髦的词，叫冷艳吗？我觉得你就是冷艳，整天绷着脸装冷艳！"冷艳？爷爷说话这么逗！我禁不住哈哈大笑起来，爷爷自己也乐，乐过后，他指着窗外开满鲜花的苗圃："你看看这，现在生机盎然繁花似锦的，外人有谁能想到一年前这里还是块荒凉的土地？怎么变成这样的？不还是爷爷精心经营的嘛，如果不精心经营，哪能变成现在这般漂亮啊。与人相处也是如此，你不肯付出你的微笑你的热情，那你只能收获冷漠，每天看到的都是一张张冷漠的脸，自己心里当然憋屈啦，如果想改变这种状况，首先要改变自己，你一定要记住爷爷的话，只要用心经营，只要肯付出自己的热情，荒凉的土地也会开出鲜花……"

爷爷的话让我茅塞顿开！

从此，我每天进出小区的时候，我都会主动热情地和电梯大姐、保安、保洁员打招呼，没有多久，他们一见到我都笑脸相迎，开始主动和我打招呼了，特别是开电梯的大姐，每天我乘坐电梯的时候，她总会笑眯眯地和我聊上几句。

在单位，每天早晨上班，我总会主动和同事打招呼，以前，我与单位的同事不怎么来往，上班独自来下班独自走，弄得像个孤独侠女一般！现在，很多女同事开始邀请我下班后去健身或者周末逛街，男同事开始与我开一些不伤大雅的玩笑了，我一下子觉得单位的气氛温馨了很多，以前在单位绷紧的神经开始放松了下来，感觉自己过得很轻松很快乐……

昨天，我接到一个大学同学的电话，说她近期特别烦闷，因为周围的人一个个脸绷得像男人剃胡子那个样子，又不欠他们的钱，他们为什么把面部表情整成那样？她心里特别的不爽。看来患有城市冷漠症的人不止我一个啊！我爽快地答应了这个周末和她见面的要求。

我已经想好了，我们见了面后，我一定要把爷爷对我的教诲说给她听，我要告诉她：只要付出热情付出努力，荒凉的土地上也会开满鲜花……

/ 安艳莹

站台上的母亲

小时候，懵懵懂懂的，总觉得母亲不够爱我，母亲的爱被后来出生的妹妹们一点点地分割了，我和母亲的心越离越远了，却和一心教书不问家事的父亲越来越好，心中只有父亲疼我、爱我、懂我。

那时感觉母亲是不疼我的，我五岁开始带妹妹，七岁开始洗碗，八岁自己洗衣服……不论我怎么表现，我都很少看到母亲的笑脸；要是我做错了什么事情，母亲还会责骂我，胆小的我吓得直哆嗦。孩提时代的我多么希望母亲轻轻拭去我脸上的泪花，亲热地把我搂在怀里，我也像妹妹一样和母亲撒个娇，讨母亲的欢心呀！

这样朦胧地长大，叛逆期中的我一心想飞出家门，做一只远行的鸟儿。香港回归那年我决定远嫁江南,母亲知道无法羁绊女儿追梦的脚步,默默地选择了支持。她买了很多食品让我路上吃,还亲自送到火车站,我在站台上匆匆挥别了伤心的母亲,就毫不留恋地寻找自我的世界去了。

每每打电话时,母亲都说一切都好不要惦记之类的话。生活似乎很平淡,思乡之情也由女儿的出生愈浓愈烈,而母亲没有时间来看望我们,我在心里有点埋怨母亲,默默地吞咽着思乡的泪水。

有了女儿之后,女儿的一颦一笑都牵动着我的心,我才体会到母亲的辛劳,理解了儿多母苦,正是母亲严厉深沉的爱造就了我今天的独立坚强。真是:不当家不知柴米贵,不养儿不知父母恩。

在女儿一周岁时,我终于忍受不了回家的诱惑,一家三口踏上了归途,到家时刻已是寒冬的半夜,母亲要父亲去车站迎候我们,她在家中准备了一大桌子的美味佳肴。在门前翘首以盼的母亲把我们迎进家门,她要我们先吃饭,就迫不及待地接过外孙女,小心翼翼地揭开包裹女儿的小被子,仿佛打开一件珍宝似的。路上一直在酣睡的女儿醒了,乌溜溜的小眼睛认真地审视着未曾谋面的外公外婆还有两个小姨,突然间她就笑啦,挨个亲吻他们,然后伸出莲藕似的小胳膊扑进我母亲的怀抱,母亲紧紧地把我的宝贝搂在怀里,生怕谁会抢走一样。我想:小时候的我也是这样被母亲抱着的。因为血脉相连,亲情是割不断的。那久违的亲情环绕着我……

短暂的相聚,痛苦的分别,我发誓想家也不回去了,因为我发现离别比思念更难以忍受。我结婚八年以后,母亲才来到我刚搬进的新家,她默默地帮我做家务,烧可口的饭菜给我们吃。这时我从心底里感谢母亲。我还是个有妈疼的孩子,有妈在真好!母亲走后,我的心像被掏空了一样,几天几夜寝食难安,担心她在路上的安全,担心她身体不好……

两年以后,我还是抑制不住对母亲父亲家人同学朋友的思念,带着女儿回家了,搬进七楼新居的母亲欢天喜地迎下楼来,竟然让年过六旬的父亲帮我背着最重的背包，我笑着说不用，被母亲宠着心里却美滋滋的。

正好赶上我生日，母亲张罗着到饭店庆祝一番。几年未见，突然发现原本漂亮的母亲现在脸上布满了皱纹，原来乌黑的头发也早生了不少白发，为了养育我们姐妹五个，母亲吃了太多的苦。记得有一年夏天晒霉，一家八口的棉衣棉裤，每人薄厚四件，一共三十二件，父亲搬来搬去，很麻烦，就有些抱怨这么多棉衣，母亲笑着说："我做都没有烦，你这就烦了。"是啊，母亲在缝缝补补之外，还要操持家务，照顾婆婆和五个孩子，还有几亩薄田，一个大菜园。因为母亲手艺好，村中的妇女还找母亲帮助在缝纫机上做衣服……生活的重担压在母亲一人肩上，可是母亲从无怨言，谦和地对待乡亲们。席间，看着母亲脸上的皱纹和头上的白发，我在心里默念一千遍"母亲，我爱您"……

在家陪伴母亲几日，我的假期很快就结束了。离别前，我对家人说："这次分别我们谁也别哭，我们相聚是非常高兴的，分别只是为了下一次美好的相聚。"送别那天，母亲坚持到车站送行，三个妹妹搀扶着母亲，突然之间我感觉一向强壮的母亲衰老了，母亲眼圈红红的，女儿也懂事地沉默着，看着这祖孙二人，我的心疼痛起来，泪水模糊了视线……

而在这一刻，在离别的站台上，我平生做的最后悔的一件事就是年少时不顾一切地离开家，离开母亲。母亲默默地忍受着对女儿的思念，她把我用过的书本整理好，穿我穿过的内衣鞋袜，把我穿过的裤子改成棉裤贴身穿着，慰藉那颗思儿的心，而年少轻狂的我却忽略了母亲。也许有一天我也会像母亲一样送别远行的女儿，而年少的女儿也许不理解我对她的爱，不能接受我爱她的方式。

母亲是一本厚重的书，在离别的站台上，我读懂了您！

跌落一地的尊严

\ 积雪草

他是一个父亲，一个六岁男孩的父亲。

他做梦也不会想到，自己竟然会沦落为一个沿街乞讨、渴求怜悯的人。街还是那条街，与往夕没有什么不同，人如流水车如游龙，热闹而且繁华。

他把一张硬纸板做的广告牌立在纸箱旁边，上面写着：好心人，求你救救我的儿子，他还那么小，生命还没来得及绽放，可是他患了白血病，需要很多钱，需要好心人的帮助。

他低着头，一声不吭，不敢看街上匆匆的行人，觉得自己比别人矮一头，心"扑腾、扑腾"的狂跳，像做了坏事一般。一整天过去了，他在街角蹲得腿脚发麻，抬头看看天，满天繁星闪烁，没有一个人问津，也没有人给过他一毛钱，他拍了拍身上的尘土，提着空纸箱和硬纸板，抚着一天没有吃东西、饿得咕咕叫的肚子，仓皇离去。

第二天，他改变了策略，把他以前参加抗洪抢险荣立的二等战功奖牌带上，又拿着空纸箱和硬纸板去了那条繁华的商业街。他开始像小商贩那样大声吆喝，请帮帮我儿子，他患了白血病，需要钱移植骨髓。他一遍、一遍地吆喝着，眼睛里的泪强忍着没有掉下来，直到嗓子嘶哑也不肯停下来。

渐渐地围拢过来一些人，他艰难地说，请伸出你的手，帮我一把，我儿子需要钱治病，多少都可以，一块两块我不嫌少，谁给我捐钱，我给谁磕头。

一个慈眉慈眼，戴着眼镜的大妈走过来说，小伙子啊，不缺胳膊也不缺腿的，怎么不学好啊，一个大男人蹲在街上要钱，有那功夫还不如打工干活，赚点饭钱不成问题吧？干吗想歪道？人要活得堂堂正正才对得起父母，对得起自己，走吧走吧，以后别再干这种事情了，好好的，干吗诅咒自己的儿子，你缺德不缺德？

大妈的话，让他觉得像吃了辣椒一样，脸上火辣辣的发烧，自尊哗啦一下跌落到地上，但他还是解释说，我不是咒自己的孩子，他真的病了，需要钱移植骨髓，我不是想骗大家，我说的是真的，以前我在广州打工，如果不是儿子病了，我不会回来的。

他越解释，越引起别人的反感，一个老大爷说，报纸上都说了，像你们这些乞丐部落的职业乞丐，年收入都多少万，拿着别人的同情心和爱心大发不义之财，你们的良心都让狗吃了？

他的脸紫胀得比猪肝还难看，还没有来得及说什么，一个小伙子，一步窜到他身边，飞起一脚把纸箱和纸板踢出去老远，嘴里嘟囔着，拿这么大一个纸箱要钱，你还要不要脸，别以为谁他妈的是傻子。

屈辱让这个七尺男儿的眼泪掉出来，他默默地把纸箱和硬纸板捡回来放好，然后从口袋里掏出曾经荣立二等战功的奖牌和证书拿出来给大家看，他说，我真的不是骗子，我曾经也为国家为人民做过有益的事情，看在这枚奖牌的面子上，帮帮我，不到万不得已，我是不会走这一步的。

人群静默了一刻钟，忽然有人跳出来说，谁知道你这枚奖牌是在哪个破烂市场淘来的，别唬我们了，快点走吧，别在这儿丢人现眼了。

是的，报纸上几乎天天有揭穿骗子骗人的把戏，人们听得多了，看得多了，心渐渐变得麻木起来，人们再也不会纯朴地轻易去相信一个人，怕吃亏，怕摔跟头，怕自己的好心换来恶报。路不拾遗，夜不闭户似乎早已成了一个久远的美丽传说。

就在他快绝望的时候，一个二十多岁的女孩给他捐了10块钱，当他扑通一声，当街跪在女孩面前，这是几天以来，第一次有人伸出援助之手。他语不成句地说，谢谢！谢谢！

女孩说，我相信你。轻轻的一句话，一股暖流涌进他的心窝，那么平常，那么不起眼的一句话，让他此刻得到前所未有的安慰和底气，世上还是好人多，看来儿子有救了。

那之后不断的有人给他捐款，甚至有人给他捐几毛钱的硬币，乞讨生涯过了好多天，离那个儿子救命的天文数字还是相距甚远，好心人捐助的一点钱无疑是杯水车薪。最后他向中国红十字协会申请帮助，结果有人定向捐助了一笔钱给他，帮他的儿子做了骨髓移植手术。

之后，他一边打工赚钱，一边做义工，回报那些需要帮助的人。

乞丐也有尊严，跌落一地的自尊，是为了换取一个男人做父亲的尊严。

/王晓宇

孝顺要趁早

那天，他正在跟一家公司谈判，唇枪舌剑之际，秘书进来说："林总，家里来电话，已经连续打过了三次，可能有急事，您看是不是回一下？"他皱着眉头，接过手机，去走廊里回电话。

母亲在电话里直哼哼："儿呀，妈有些不舒服，你快点回来吧！回来晚了就见不到妈了。"不听则已，一听之下，心神立刻就乱了，丢下正谈的合作事宜，让司机去机场买了连夜飞回老家的机票，毕竟合作的伙伴可以再寻找新的，而老妈只有一个。

进了家门，他就愣住了，老妈正在沙发上啃苹果，脸色红润，神态安详，没有半分不适的样子。他的脸色一下子黑得像锅底，硬邦邦地丢下一句话："妈，您老没事儿，看看电视，扭扭秧歌，找老姐妹们聊聊天，以后千万别再开这样的玩笑了,您不知道您的儿子有多忙吗?您不知道您的儿子时间金贵?"

老妈像一个做了错事的孩子,丢掉啃了一半的苹果,小声嘟囔:"我想你了,不这样诳你,你肯回来?"他摇了摇头,叹了一口气说:"等我赚够了钱,就有时间陪着您老人家了。"

说着,他拿起小小的行李箱,准备立刻返回公司。母亲可能看出了他的意图,拉着他的手说:"中午我给你做你小时候最喜欢吃的蛋炒饭,小时候,你像一只小馋猫,一听说有蛋炒饭,脸上就乐开了花儿。"

他挣脱了母亲的手,说:"妈,我真的还有事儿,必须立刻赶回去,以后再回来吃你做的蛋炒饭。"母亲拉住他的手,就是不松开,她不知道,他早已不再是当年的小馋猫,别说是蛋炒饭,就算是鱼翅捞饭也不见得稀罕。他的理想就是赚钱,赚很多很多的钱,然后给母亲买一栋大别墅,好让母亲颐养天年。

那天早晨,他终于没能走出家门,母亲死缠硬打,就是不放他走,让他陪着去超市买鸡蛋,据说鸡蛋每斤便宜了一毛钱,排了三个小时的队,限购五斤,省了5毛钱,可是他为了这5毛钱,失去了一个几百万的合同。

他的眉头纠结得像一只毛毛虫,僵硬地趴在脸上,满心满脸的不乐意,可是又不能对着母亲发火,用无限的忍耐,陪着母亲去早市买菜,看母亲和小贩讨价还价,为几毛钱和小贩争得面红耳赤。陪母亲去公园溜早,遇到打招呼的人,母亲笑意盈盈地把他推到人前:"这是我儿子,特地从北京回来看我了。"人家说一声老太太您可真有福气,母亲的脸上便写满幸福、欣慰和满足。母亲甚至还带他去看了旧居的街坊和邻居,用诗人一样的情怀跟他描述他小时候的那些事情。

不过三天,他的耐心终于被消磨殆尽,他说:"妈,我真的很忙,下次再回来看你。"然后拖着行李,义无反顾地走了。

半年之后，母亲又一次来电话，仍然是上次的腔调，甚至连字都不曾改一个："儿呀，妈有些不舒服，你快点回来吧！回来晚了就见不到妈了。"抱着电话，他忍不住笑出来，老妈又跟他打埋伏，诳他回家，他才不上当呢！

他好脾气地安慰老妈："是不是又想您儿子了？我等春节再回家看您老，别着急，很快的！"丢掉电话，他乐了，觉得母亲像一个贪玩的小孩子，一次次故伎重演，等把手上这件事情搞定了，再回家看望母亲。

可是，仅仅过了两天，他就收到一个足以让他的整个世界为之坍塌的消息，母亲去世了。

原来母亲并没有骗人，原来母亲说自己不行了，是真的，并不是开玩笑，早在半年前就已查出癌症的结果，为了不影响儿子的工作和生活，所以并没有告诉他实情。

他又一次连夜返回老家，来不及见母亲最后一面，买了大抱的白菊花，站在母亲的墓前，小时候的事情历历在目，母亲教他吃饭，可他老是掉饭粒，教他穿衣，他老是扣错扣子，教他刷牙，他老是刷得满脸泡沫，像一只花脸猫，教他做人的道理，他老是当耳边风，被人欺负了，也是母亲保护他，牵着他的手过马路。可是母亲老了，自己在哪里？有几次陪母亲吃饭？有几次牵着母亲的手过马路？有几次给母亲打电话，主动地嘘寒问暖？

总以为会有很多的时间在一起相处，总以为等事业有成了再孝敬父母，总以为一切都来得及。

他悔得肠子都青了，跪伏母亲的墓前，双泪长流，久久不肯起来。

张爱玲说，出名要趁早，其实做什么事情都应该趁早，孝顺老人也该趁早，否则，子欲养而亲不在，自己亲手把自己推至绝地，那才是痛不欲生的事呢！

别把悔恨装在自己的口袋里，在还来得及的时候，在尽可能的情况下，多拿出一些时间，和自己的家人在一起，和自己爱的人在一起。

走好，老校长

/ 安艳莹

这几天周围的朋友出了点事
我一直心绪不宁
昨晚打好的草稿 却无法静心写完

这几天周围的朋友出了点事，我一直心绪不宁。昨晚打好的草稿，却无法静心写完。与朋友聊会儿天，说起上大学时喝酒的往事，那时的我年轻气盛，没有喝过酒，第一次，却喝醉了。事后，同学告诉我，喝多了，我就哭，很丢人的，以后再不敢多喝，生怕喝多了哭鼻子，难堪。

今晚的我没有喝酒，却是泪雨滂沱。如果您还在，看到了一定会关切地问我怎么了，可是您永远都不会知道我的泪是为您而流，敲击键盘的不是我的手，而是我的心、我的泪珠。敬爱的汤校长，您走得太突然了，连一句话都没有留下，就撒手人寰了。

今早来上班，走到学校，迎候我的不再是您每天阳光般的笑脸，而是二哥、三弟肃穆的脸庞，我搜寻的目光想找到您，看不到您，我心里不踏实。二哥告诉我昨晚您出了车祸，已经走了。唉唉唉，怎么会？

昨天中午下班的时候看到笑呵呵的您买点花生米，说是来了一位老教师，您要请他喝酒，陪同的还有舅舅和另外一个老校长，四人喝了一斤酒，席间，您说心里有点不安，总像有什么事要发生。如果我在，我会安慰您。老伴汤妈妈也不在，每次出门都是一道，可是这次您非劝她去看望您的侄女，没想到竟是诀别，汤妈妈怎么能够接受这一噩耗呢？整个上午，我都为您陪伴着汤妈妈，我要为您安慰她老人家；如果您在，您会抚慰她，可是您走了，就让我来吧。

就在前几天，我把朋友寄来的北大荒真空黏玉米带给您，二老像欣赏宝贝似的，看着您俩孩子般好奇的笑脸，我比自己吃了还高兴呢。

暑假时，父母亲从老家来，您特地让汤妈妈来邀请他们到您家做客，然后您俩又到我家看望他们。因为是同行，性格相似的您和我父亲一见如故，身为贤妻良母的两位母亲也有共同语言，我真高兴，可惜当时只顾高兴，忘记了合影留念。你们还约定下次见面再聚。可是约定还在，您却走得如此的匆忙……

记得我初到婆家，就听爱人多次提起您，爱戴之情溢于言表。5月，当您听说我们的婚事，高兴异常，不亚于自己的儿子找到了女友。到第二年的1月我们结婚那天，我是第一次见到您，您很瘦，但是精力充沛。因为招待客人，也没有和您多说，后来一点点地熟悉了，了解到您是我们这里教育界的元老，我们的学校是您一手建成的，您培养了很多学生，也精心栽培了一批批教师。我的爱人就是在您的精心培养下，才走进全国优秀教师行列的。

您挂在嘴边的一句话："外乡人来到我们这里不容易，要多关心他们，我汤盛谟就是要保护外乡人。"您的襟怀可见一斑，被您关照的外乡教师不止我一个。从工作到生活，从生活到家庭，事无巨细，无微不至。每当外乡教师遭遇不平，是您挺身而出，仗义执言。虽然您已不在其位，无法挽回什么。但是与那些明哲保身、阿谀奉承的人相比，您的正义之声多么难得。

虽然您退休了，可是您依然发挥余热，经常给学校提些合理化建议，每天义务为学校送报纸，就在昨天早晨，您来送报，看到窗子紧闭，您还帮我们打开窗子，迎来了新鲜空气。可是今后再也不能看到您温暖的笑脸了。今天的报纸是我放到报夹上去的，冰冷的报夹没有留下您的体温，却留下您的指纹，我的泪水不由自主地流淌下来……

认识您的人都说您脾气坏，但是心眼好。为了工作，您不怕得罪人，但是过后您会解释、安抚。这就是您领导的艺术，也是您做人的高明。因为您的赤诚，对于您的安排，同事都很理解。退休后，您的家成了"老年之家"，虽然您生活很节俭，但是老同学、同事去了，您是慷慨的，老友们聚在一起，开心啊，您会多喝几杯，开怀尽兴。

今天中午吃饭时，我看到您常坐的座位上坐的不是您，我跑到厨房忍不住哭出声来。问苍天，为何专把好人妒？为什么好人不长寿，坏人却活千年？老天爷，为什么这么不开眼呢？您老人家可是一个地地道道的好人，一生都悲天悯人，处处为人着想，硬朗的身体再活10年、20年没有问题，可是老天爷不但不眷顾您老人家，还让您去得这么凄惨，面目全非。

因为您的离去，我禁不住莫名地慨叹，我要劝慰朋友们，无论压力有多大，都要坚强地生活。生命是如此的令人敬畏，有时又是那么的脆弱，所以请一定要珍惜。上天只给我们一把牌，没有重新发牌的机会。无论好牌孬牌，我们都得学会承受，要更多地想办法如何打好这把牌，而不是抱怨。同样面对惨淡的人生，有人坚强乐观积极地生活；有人脆弱悲观，消极地熬过。同样的日子，开心是活，忧愁是过，何不开心而活呢？

敬爱的老校长，通往天堂的路上难走吗？可我知道，无论如何您都会微笑着面对。只要您在，天堂里还会有笑声。依您的爱心，您还会把四川灾区死去的孩子们集中在一起办所学校，告慰他们活着的父母。这就是您——一个优秀的教育工作者永不停息的脚步。